兩城憶往

三民叢刊 98

楊孔鑫著

三民書局印行

兩城憶往

寫在前面

朱劍雲

一九六三年，中央社派本書作者楊孔鑫兄出任駐巴黎特派員，孔鑫兄時任中央社總社英文編輯部主任，中央社借重其畢業於國立政治大學外交系的長才，以新聞記者的身分及經驗，前往觀察並報導歐洲情勢，藉以增加國內讀者對國際情況之了解，並供有關當局參考，這是一件相當繁重的工作。

孔鑫兄在巴黎三年完成任務後，復於一九六六年轉往倫敦，擔任中央社西歐分社主任一職，總攬歐洲新聞發稿工作。後於一九八〇年秋間，奉調回國擔任中央社副社長職務，前後在歐洲任職長達十七年。正如孔鑫兄在其所著《霧裏看倫敦》一書自序中所寫：「由於職業的關係，我有一些與其他行業的人稍有不同的經驗，我看到一些常人不輕易見到的事物，也遇到一些常人不易遇見的人，因此，我對客觀環境有了較廣泛的接觸。」

這本書就是搜集了他任職巴黎及倫敦時一些常人不輕易見到的事物及一些常人不易遇見

的人的所見、所聞。其中有幾篇文章曾分別刊載於《聯合報》、《大華晚報》及《傳記文學》，還有若干篇是記述他的工作過程及心得。最前面一篇的〈花都霧城憶舊遊〉，則是他的近作，就他在巴黎及倫敦工作時，對兩地的政治、經濟、文化、藝術、風土人情及歷史背景作一詳細分析、比較。由於文字簡練、觀察入微，對讀者提供了一良好而清晰的概念。

孔鑫兄著作甚豐，由於他不善剪輯資料，甚多有價值的文章大多散佚，這本書中所搜集者，不過是他著作中一部分，他為了讓他的親友對他在海外十七年工作有進一步了解，囑我將搜集到的文稿彙集成册，付印出版。我對孔鑫兄為人至為尊敬，受此重任，雖明知自身才疏學淺，亦只好稍盡棉薄，希望不負所託。

一九九四年十月寫於臺北

自序

楊孔鑫

在歐洲工作了二十多年，由於職業上的需要，每天都在寫稿，除了以英文寫新聞報導之外，有時還寫中文稿，中文稿不是用電報發出，而是以航空信寄出，所以在我們的術語中稱為航訊。

航訊大都是分析和討論當時所在國的重大問題，所以具有時間性；轉瞬之間就成明日黃花，國內雖常寄刊用後的剪報給我，但自己很少保存。

中文稿中有一小部分是涉及述事或記人，時間性較少，曾加以保存，原因不是文章好，而是具有紀念性，不論是述事或記人，都有自己的一些活動在內，值得回憶。

由於辦公室和私人住處都曾四度遷移，這些稿子中又有一部分散佚，雖然剩下的只是一小部分，但對於筆者二十年來在歐洲的活動，也多少畫出了一個輪廓。所以特請好友朱劍雲兄替我編印成一小書，作為自己的回憶。

我在大陸的親人中，長一輩的大多作古，但還有不少堂弟妹、姪男女和外甥等，他們來信中常問我在歐洲多年，究竟做了些什麼事，這本小書也許可以作為對他們的一個答覆。

兩城憶往 目次

花都霧城憶舊遊

法英兩國都是西方世界的主要國家，也都是民主政治的先驅，巴黎和倫敦是這兩個國家的首都，也都是舉世聞名的大都市，我因職務關係，得有機會在這兩個城市中工作和居住；因而結識了若干西方朋友，看到一些西方的文物史蹟，聽到一些西方的人生觀念，領略到一些西方的風俗習慣，增加了不少個人的生活經驗和知識。我之能有這個機會，不能不感謝當年一致決議派我赴歐的中央社社長曾虛白先生、副社長王家棫先生、總編輯沈宗琳先生以及後來調我到倫敦的社長馬星野先生。他們四位雖然都已先後作古，但我對他們的感激與懷念，仍是永銘心頭的。

兩國政治同中有異

法英兩國，都是實行民主政治，英國實行內閣制，或稱議會制，政局一直很穩定；法國在戰前和戰後初期，也是實行議會制，但選舉方法與英國不同。英國採用小選舉區制，得多數票者當選，議會中容易產生擁多數席次的政黨。法國國民性缺乏容忍與合作的精神，政治上派系已多，又採取比例選舉制，當選者分散，政黨林立，閣潮時起，政局極不穩定。一九五八年戴高樂東山再起，建立第五共和，採用總統制，政局才漸趨安定。

英國有一良好的文官制度，文官負責推動政府的日常事務，首相及內閣的更迭，受影響的只是大政方針。法國也有類似的文官，其制度不如英國之有名，然也有類似的穩定作用；所以當年內閣不斷變動，政府日常工作並未受到太大的影響。

法國第五共和中的總統制，與美國的總統制並不盡同，法國總統之下，設有總理，而總理一職又屬於議會中的多數政黨；美國總統之下，並無總理，國會兩院爲反對黨控制時，總統仍照常行使職權。例如在雷根和布希任總統時，參眾兩院均爲民主黨控制，對總統當然有很多不便之處，但並不影響其職權的正當行使，這和法國目前的情況不同；法國目前的總統是密特朗，是屬於左派的社會黨，而總理是屬於戴高樂派的巴拿德。

不過法國總統也不是虛君制下的元首，職責僅是告朔餼羊，而是擁有相當的權力，當他的政黨控制議會，總理由他任命時，他固然是大權在握，頗像美國總統，即令是總理一職是由另一黨控制，他仍握有若干外交大權，當國際上舉行高峯會議時，德國是由掌實權的總理參加，而法國則是由總統出席。

經濟深受國外影響

法英兩國都是資本主義的國家。資本主義可能製造財富，但也並不一定就能產生財富，資本主義只是一個原則，必須有關政策皆能配合，才能推動發展，造成繁榮。諸如政府的收支和國際貿易是否平衡、信用控制是否適當、利息的高低、賦稅的輕重、通貨是否穩定、外匯交換率是否正常，無一不與經濟情勢有關；而經濟問題經緯萬端，任何一方面政策的失誤，都會牽一髮而動全身，引起嚴重的後果。

再者當前國際關係密切，就算國內一切正常，國際上若有不利的發展，也會影響國內。所以戰後法英兩國的經濟情況，都是時好時壞，有時繁榮、有時衰退，衰退之後、又趨向繁榮，兩者之間，成了一個循環，其實有這種情況的，又何止法英兩國，美、日、德三國又何嘗不是如此。但大體講來，這兩個國家的生活水準，還是在不斷的向上提升。

文化基礎至爲深厚

法英兩國都是高度開發的國家，人民生活水準也許低於美國，但高過很多其他國家，而且各有深厚的文化基礎和傳統；所以雖然經過兩次世界大戰，在今天的世界上，仍是兩個具有高度文明而又相當富裕的國家，仍然能够給予低開發地區內的其他國家，以文化和經濟的援助。

巴黎和倫敦相距匪遙，空中飛行只要四十多分鐘，比市區到機場的時間還短。可是兩城的情調，卻迥然有別，這當然是由於歷史背景和文化傳統的關係。

我在倫敦的時間遠超過我在巴黎的時間，我於一九六三年夏天到巴黎；一九六六年春末轉調倫敦，一直滯留至今。我在巴黎名義上有四個年頭，但實際上的時間，不足三年，時間雖短，印象卻很深刻。

巴黎柔媚倫敦樸實

每當有人要我將巴黎和倫敦作一比較時，我就不禁想到兩地的公園。兩地都有不少的公園，但巴黎的公園在面積上都較小，巴黎市區內沒有像海德公園那樣的大公園。法國雖也有著名的大公園，如凡爾賽宮和楓丹白露兩地的大公園，但都不在巴黎。巴黎和倫敦兩地的公園，各有特色，頗能象徵這兩個城市的相異之處。

公園之內當然都有花有樹。巴黎公園的重點在花，每逢春夏之交，巴黎公園內遍地琪花瑤草，萬紫千紅，美不勝收，令人目不暇給。倫敦公園的重點在樹，到處古木參天，高聳入雲。兩地都重視草地，倫敦公園面積廣大，草地一望無垠，風起草動，又像萬頃碧波。巴黎公園較小，草地卻很精緻，像是一大塊絲絨地毯。以人作比，巴黎公園像江南少婦，倫敦公園像關西鄉農，前者柔媚，後者樸實，各有千秋。

巴黎和倫敦都各有悠久的歷史，起源都在公元以前，都與河流鄰近，水是人類生活中不可或少之物，古時飲水又不像今天方便，所以人類聚居之處，多靠近河流。

巴黎鄰近的是賽納河（River Seine），河中有一小島，名城島（Île de la Cité），這就是最早的巴黎。島上居民名巴黎西爾（Parisil），巴黎的名稱，就是由此演變而來，因此，後世史家認爲，先有巴黎人，而後才有巴黎城。島上最初有一小城堡，名呂特西（Lutéce）。因此也有人認爲巴黎最早的名稱應是呂特西，現在巴黎的南區有一大旅館，名稱就是呂特夏（Lutétia）。

巴黎就是以城島爲中心，向四週發展而成的。城島不大，但也很有幾處重要的建築物，舉世聞名的聖母院（Notre Dame de Paris）就在島上，現在設在城島的法院和警察廳都是舊時王宮，另有不少重要的建築物，則在距城島不遠的兩岸。

政治文化分據兩岸

賽納河橫貫東西，將巴黎分成南北兩岸，法國人稱南岸爲左岸，稱北岸爲右岸。法國總統府愛麗絲宮、凱旋門、協和廣場、香榭麗舍大道、羅浮宮、歌劇院、股票市場、各政府機構多在右岸，所以右岸是政治和經濟中心。巴黎大學所在地的拉丁區、聯合國教科文組織（Unesco）、許多教堂、藝術家、學者、詩人等多在左岸；所以左岸可稱之爲文化區。拉丁區之得名，是因爲以前這個地區內只講拉丁語，後來當局命令改講法語。

市區郊區各有特色

巴黎在行政上分爲二十個區，其中以第八區和第十六區是巴黎的精華。第八區包括政治、外交和商業中心，第十六區則以豪華的住宅爲主，這兩區都在右岸。

凡是在生活上與巴黎有關的人，都儘可能的住在巴黎的市區，非萬不得已，不住郊區。巴黎市區內的住宅，都是六七層樓的公寓大厦居多，這些公寓大厦也因地區的不同，而在水準和租金上有很大的差別。只有十六區，特別是該區內的布隆奈森林（Bois de Boulgne），有花園住宅，那是少數富人居住的地方。

巴黎市區和郊區，分別極明顯，市區極緊湊，地下火車四通八達，又有很多公車，交通方便。市內文物史蹟的豐富，宮廷和教堂建築的宏偉，繪畫、雕刻、音樂、舞蹈和歌劇之精美，都令人歎爲觀止，筆者訪問過的西方國家首都中，只有羅馬可以與之媲美。

與倫敦息息相關的河流是泰晤士河（River Thames），倫敦的起源就是現在北岸的倫敦塔（Tower of London）及其附近地區，所謂倫敦塔實際上是幾處舊宮殿，因屋頂是塔尖的形狀，所以稱倫敦塔，這個地區就是古代倫敦的舊址；羅馬人曾在那裏興建城堡。後來歷經滄桑，一度成爲王宮，現在則成爲幾個性質不同的陳列館，吸引了不少的外國觀光客。

泰晤士河橫貫東西

泰晤士河也是東西橫貫，將倫敦分成南北兩岸，倫敦的政治、經濟、文化和商業中心，全在北岸；南岸只是住宅區，戰後在南岸的河邊，興建了一所類似文化中心的「節日大厦」（Festival Hall），其中有戲院、電影院、音樂廳、展覽場、酒館、餐館、咖啡館等，河邊漸漸變得熱鬧起來。一般人口中只提南岸，很少人講北岸，因爲北岸就是人盡皆知的倫敦；兩處已合而爲一，所以不提北岸，其實南岸在行政上也是大倫敦的一部分。

大倫敦市共分三十三個行政單位，所以大倫敦市的市區極爲遼濶，雖然地下火車四通八達，但地區太大，行動費時而不便。嚴格說來，在這三十三個行政區中，只有倫敦城（The City of London）和西敏區（The Borough of Westminster），才能算是倫敦的市區。其他各區都只是郊區，倫敦城是最早的倫敦。

在倫敦市區內工作的人，大多住在郊區，有人甚至住在郊區以外的鄉間，他們都是靠地下火車和火車，作爲每天上下班的交通工具，很多人每天都要花上一至二小時的時間，坐車上班或回家，他們樂意住郊外或鄉下的原因是，郊外的房子較寬大，前後有花園，英國人喜歡花園，很多人都以種花蒔草爲消閑活動。

倫敦居家安靜爲主

市區內以公寓房子較多，雖然也有所謂「市宅」（Town House），但花園都很小，甚至沒有花園。市區的房價或租金都較高，住公寓者以老年人較多，因爲年齡大了，無力照顧花園，年紀較輕者，多選擇住宅，住宅多在郊區，標準的住宅是中國人所謂兩層樓的房子，樓上有二至三間臥室，樓下爲客廳、餐廳和廚房，前後都有花園；前花園旁有車房。房價的高低與房間的大小和多少、花園的大小，以及房子是在那一個地區有關。同樣的房子，若在不同的地區，房價相差極大。倫敦住宅區都很寧靜，由於一般住宅的隔音設備都很好，所以屋內聽不到外邊的聲音，就是在白天，也常寂靜得像深山古剎一樣，只有到了春夏之間，黎明之前，花園樹上的鳥音，有時會把你從夢中驚醒。花園中最常見的鳥名爲黑鳥（black bird），啼聲頗像畫眉，十分悅耳。

英人冷靜法人急躁

英國人和法國人是兩種不同形態的人。英國人冷靜，深藏不露；法國人性情急躁，容易衝動。他們也有一共同點，那就是都對外國人持懷疑態度；因此要和這兩國人交朋友很不容易。不過一旦成爲好友，又可維持很久。

英國人雖然對外國人很冷漠，但當你迷路而向他問路時，他們都會不厭其詳的殷勤指點。但倫敦有很多外國人，找錯了對象，結果就大不相同了。法國人沒有這種美德，不過也有人說，巴黎以外的法國人，對人還是很友善的。

英法兩國人辦事都很遲緩，所以工作的績效不彰，但是開車又都喜歡超速，法國人開車尤其喜歡搶路爭先，惟車禍不多，據說這是因爲他們駕駛技術優良。

種族歧視甚爲普遍

英法兩國人都有種族歧視的心理，有人表達於外；有人深藏於心。一般說來，年輕人的偏見稍淡。外來人之受歧視，不外以下的原因：㈠來自貧窮國家，有的人還依賴當地政府的救濟；㈡來人太多，在就業、就學和住屋方面，影響了當地人民的利益；㈢生活方式和宗教信仰的不同。

在法國的北非人，在英國的印度人、巴基斯坦人、西印度羣島和非洲的黑人，他們受歧視都多少與上述原因有關，海外僑民的地位，與自己國家的情勢是息息相關的。在戰後最初的二十年，日本人在英法兩國的社會上，也很受輕視，甚至有些爲人所厭惡，但從七〇年代開始，日本的經濟日趨繁榮，漸成經濟大國，國際上的地位也隨之上升。兩年前英國的一次民意測驗中顯示，日本人是最受尊敬的外國人。來自臺灣的中國人，最初所受的輕視，更甚於日本人，但近年來也大有改變，不僅在英法，在整個西歐也都如此，這自然歸功於臺灣的經濟繁榮和擁有的大量外匯。祖國是根，僑民是葉，根榮而後葉茂。

關於這一點，我自己也有一些親身經驗。在七〇年代的後期，某日忽然接到英政府觀光局的請柬，邀請我去參加一次午宴，客人是臺灣、香港、日本、新加坡等地駐倫敦記者，目的自然是希望透過這些記者，向上述地區的觀光客表示歡迎之意。

臺灣旅客深受歡迎

觀光局的一位女性處長對我說，近年來每年常有近千的旅客從臺灣來英觀光，最令英國人高興的是，臺灣觀光客都在倫敦大量購買各種物品。她並告訴我，臺灣旅客購物都用美金現鈔。有人提小皮箱，裝滿了美金百元大鈔，她說帶這樣多現鈔在鬧區行走，不是很不安全麼？爲何不用支票呢？我說這是習慣問題，不久就會改善的，現在連支票也少用了，大家都用信用卡。

那一天的午宴是設在沙伏衣旅館（Savoy Hotel），那是倫敦的少數最著名的旅館之一，酒席的主廚是香港的名廚之一，一位香港的同業說，就是以香港的標準來說，那一天的酒席也是第一流的。當我告辭時，我自然要謝觀光局的主人，但我的內心中還要感謝我們國內來的觀光客，我是沾了他們的光啊！

各國爭誇臺灣經濟

後來我在荷蘭的阿姆斯特丹機場候機返臺時，又有一次類似的經驗，當我在免稅商店區閒逛時，一家珠寶店的老闆問我是否日本人，我說我是從臺灣來的中國人，他一聽之後，就大大的讚美臺灣的經濟成就，他說你們眞了不起，很快的就變得這樣繁榮，我問他如何知道這一切，他說荷蘭有很多商人去過臺灣。他自己店內也接待過不少臺灣顧客，我雖未購買任何東西，他仍要請我喝咖啡，我因登機時間已到，只好道謝而去。過去由臺灣出來的人在西歐常受人輕視，現在也漸漸受人禮遇了，這都是拜經濟繁榮之賜。

社福制度一般良好

六〇年代初期我抵法時，正是戴高樂主政，法國沒有像英國這樣的社會福利制度，但對於眞正需要幫助的人，也有一套援助的辦法；我就認識一個華人，他的孩子生病住進醫院，住了相當的時間，才病癒出院，醫藥費可觀，他的收入不高，無力負擔，經過適當的管道申請，這筆費用就由政府付了。一個眞正關心民瘼的政府，總要制定一套辦法，爲社會上的低收入者，解決一些問題。

法國是一天主教國家，教會也做了許多福利工作。我在巴黎時，由臺灣去法國進修的同學，就很受天主教的一位雷神甫的照顧，這位法國神甫曾在四川傳教，會講四川話，他經常爲初到的同學們安排住處，辦理居留，有病時還協助就醫，受過他所照顧的同學，爲數頗多。他在照顧同學時，從不查問你是否天主教徒，找他協助的人，他都一視同仁，胸懷開朗，充分表現教會的愛心。法國在八〇年代時，有過社會黨的政府，也有社會福利的立法，不過不如英國之有名。

福利政策優劣參半

英國是在二次大戰之後，工黨執政時，提倡福利國家的主張，建立各種社會福利制度，隨著時間的進展，社會福利的種類越來越多，規定也日趨複雜，英國人民自己也不十分清楚，有時要向主管部門查詢，或是索取各種說明書，才能明瞭細情。

社會福利的主張，原是基於一種崇高的人道觀念，但也有其流弊，首先就是養成一種事依賴國家的心理，削弱了自強奮發的精神。很多失業的青年人，因有失業救濟，生活得逍遙自在，反而不急於就業，更有一些人以作僞的方法，詐騙各種福利金。

福利金的制度，還給社會上帶來許多未婚的媽媽，英國很多女孩子樂於做未婚媽媽，因爲一旦成爲未婚媽媽，不僅可以領到各種福利金，還可優先配得房屋。本來是美國的未婚媽媽最多，英國現在頗有迎頭趕上的趨勢。有人認爲這是福利政策鼓勵的結果。

英國現在每年在社會福利和社會安全方面的支出，約佔全年總支出的三分之一，是政府最大的一項開支；社會福利的支出像似滾雪球，越滾越大。有人憂慮將來生產的人越來越少，享受福利的人卻越來越多，最後政府沒有足够的稅收，來應付日益加多的福利開支，政府也要破產了，目前執政黨內部正爲此事爭辯不休。

社會風氣每下愈況

西方國家的社會風氣，近年來都是每下愈況，英法自不能例外。我到巴黎時，當地的治安甚好，雖深夜出門，也無安全問題。兇殺、搶刼和販毒的案件，似乎不多，至少報紙上並不多見。至於男女關係，只要不是出諸暴力，大家都能以平常心視之，所以巴黎當時可以說相當安定，但在七〇年代時開始，本來很安全的地下火車，聽說也有搶刼事件發生，但比較起來，仍較倫敦爲佳。

倫敦在六〇年代的初期，開始出現一個放縱性的社會，但大部分倫敦還很安全，搶刼的對象也多是銀行等有錢的機構。但情勢演變甚快，先是色情氾濫、毒梟猖獗，繼之兇殺案迭起，街上搶刼案頻頻發生；美國社會上的種種情況，也漸漸的在倫敦出現了。儘管各政黨領袖都大聲疾呼「法律與秩序」，但社會上的亂象仍少改善，根據警察局發表的統計數字，每年各種犯罪的案件，都在增加，很少減少者。

自由主義影響深遠

英國的學術界、文化界、傳播界、政界及法界，都各有一批所謂自由主義分子，他們不僅反對權威，而且也反對紀律；他們主張放任，反對約束。他們的思想和言行，使英國的家庭、學校和社會都受到影響。整個國家似乎都在朝著一個無秩序和無紀律的方向前進。英國本是一個既民主又法治的國家，但現在民主依舊，卻法紀蕩然，法治也失去昔日的光輝。有些哲學家說，西方文化已開始沒落，英國今天的情況似乎在支持這種說法。

法人重視自身文化

我抵巴黎之初，曾深感適應之不易，第一就是語言上的困難。法國人特別重視他們自己的文化，認爲法語是天下最美麗的語言，每個人都應學講法語，尤其是到了法國，更應如此。法國人能講英語的人並不少，但他們大多拒絕在法國講英語，在巴黎只有飛機場、大旅館和大的百貨公司，才有人講英語，此外就是外交部的新聞司有一、二人肯講英語，應付外國記者。

我在大學讀書時，法語原是必修的外國語，但時間已久，忘了很多，所餘也無大用處，所以到巴黎後的第一件事，就是去法語學校進修，語言本不易速成，何況我還有工作在身。第二個困難是巴黎的許多情況，和我住過的幾個美國城市都大不相同，一切又都得從頭摸索。第三是物價太高，生活上一切都得儘量從簡，反而不如我在臺北時自由自在。由於上述原因，我在最初的三、四個月中，常起不如歸去的念頭。

物價貴賤差異極遠

幸而不久結識了幾位從臺北來法進修的青年朋友，他們帶我去拉丁區觀光，發現巴黎還另有一個不同的社會，不但物價便宜，情調也很典雅。以前我每天去的地方，不外法語學校和我們的大使館，再就是每週有一兩次去法國外交部的新聞司。我的住處在第八區，我們的大使館也在第八區，相距不遠，所以初到巴黎，無論是購物、用餐、理髮、洗衣，都在那個區內，而那個地區又是巴黎物價最貴的地方。尤其是服務業，像理髮和洗衣等，收費都很高，生活上深感壓力，後經同學們指點，我才又發現一片新天地。

以後我常去拉丁區，那裏有一家中國餐館，有水餃等麵食供應，價廉物美；理髮只要兩三個法郎，而我第一次在使館區附近理髮，花掉我約三十法郎，其他方面也都便宜得多，生活上壓力大減。此外又多了幾個朋友，減少客居的寂寞，精神也日趨輕鬆，漸漸的我終於能夠開始欣賞和領略巴黎的風光。

公園眾多風景宜人

我最喜歡公園，所以我最先尋找的地方就是公園，每到拉丁區，有機會必去盧森堡公園；去羅浮宮看畫，必順便去杜勒瑞公園。但是去的次數最多的，還是孟梭公園，因它距我的住處最近，夏季幾乎是每天都去一次。春夏兩季，公園內固然是鳥語花香，使人心曠神怡，就是到了秋冬，也別有情趣，例如大雪後的公園，就呈現一種意境，我覺得常去公園，觀察花草樹木的榮枯興衰，對於宇宙人生也可多一點體會。

第二件事是看畫，巴黎是藝術之都，既然到了巴黎，自然就要去看畫。我去看的畫有以下三類：一是西洋古典派的油畫，很多年前，已在羅馬、佛羅倫斯、米蘭、威力斯等地看了不少這一類的油畫；二是印象派畫，這是我喜歡看的西洋畫，後來我到了倫敦，常去國家美術館，就是去看該館收藏的印象派的畫；三是抽象派的畫，我看不懂，也不喜歡，我只主動的去看過一次，以後只有陪同國內來客時，才去現代藝術館看這種畫，既看不懂，還要站在畫前作欣賞狀，實在很不舒服。

第三個參觀的地方是教堂，我不是教徒，但是喜歡常去參觀著名的大教堂。巴黎的聖母院、聖心堂、聖俠北爾教堂等，都是值得一去再去的，我個人的感受是，到了這種大教堂，心情就會很容易的寧靜下來。

聖誕狂歡令人難忘

講起教堂，我不禁想起一九六四年那個難忘的聖誕夜，那一天我和兩個朋友在拉丁區一家中國餐館晚餐，飯後我們想去聖母院看聖誕夜的彌撒。那一天拉丁區內到處是人，十分熱鬧，我們走近河邊一看，不但城島上人山人海，連左右兩岸通往城島的橋上都已擠得水洩不通，我們勉強擠到橋頭，再想前進就寸步難行了，不久教堂的鐘聲和歌聲相繼而起，橋上的信徒也有人唱起讚美詩來，一霎那間教堂的肅穆氣氛擴展到了兩岸，感人至深。

由河邊重返拉丁區，路上行人，無論識與不識，都互祝聖誕快樂。當晚拉丁區有很多地方有舞會，但都有人滿之患，我和我的朋友擠進一處地下室，裏面全是年輕的男女學生，擠得像罐頭裏的沙丁魚，那裏還能跳舞，大家相對微笑，我們覺得裏面空氣不佳，又擠了出來。外面還有人向裏面擠，我的朋友告訴他們，裏面人太多，已經不能跳舞了，領頭的那個人說：我們知道，我們來的目的就是要擠一擠，你們擠過了，讓我們來罷！大家聽了都哈哈大笑，喜悅之情，內外打成一片，節日的情懷把每個人都變得像老朋友似的。

重回街頭，看見不少青年男女，就在行人道上載歌載舞，過路行人也有乘輿加入者，這景象只在電影片上看過，但那天晚上巴黎街頭的歌舞，卻是沒有導演的自然演出。到處閒逛，直到午夜以後，才離開拉丁區，回到寓所，門房內的老太太問我是否玩得高興，我告訴她我看到的一切，她說救世主降生，歡樂滿人間啊！人間是否都充滿歡樂，不得而知，但那天晚上巴黎似乎是充滿了歡樂。

巴黎櫥窗設計精美

就我個人而言，我在巴黎還有一項樂事，那就是逛街看櫥窗。巴黎商店的櫥窗，都是經過精巧的設計，爭奇鬬勝，各出心裁。在其他大都市中，是不大多見的，我曾一度想到用照相機，把每一個櫥窗的設計都拍攝下來，編一個小册子，一定別有趣味，但因此事相當費時，又怕引起版權問題，所以一直在構想階段，未能付諸實現。

咖啡茶座情調不凡

香榭麗舍是巴黎最著名的大道，一端通往協和廣場，一端接凱旋門，全長三公里，兩側有不少的咖啡館，行人道廣闊，設有許多咖啡座。坐在那裏喝咖啡，也是巴黎日常生活中的情調之一。如果去巴黎觀光，而未到香榭麗舍大道旁喝一次咖啡，那也是美中不足之事。

某年冬季，在一個大雪紛飛的下午，一個朋友突然到達巴黎，而且第二天一早就要轉機他往，晚飯之後，要我陪他去香榭麗舍大道坐咖啡館。冬季風大天寒，大道兩側早已沒有露天咖啡座了，何況那一天又是大雪紛飛。我們到了之後，只有坐在咖啡館內避寒，幸好咖啡館臨街的那一面全是玻璃門，我們就隔著玻璃門，欣賞大道上的雪景，雪夜出去坐咖啡館，生平只有這一次經驗。

在巴黎留得稍久之後，適應的能力漸增，對四週的環境逐漸熟習，同時又繼續不斷的發現巴黎還有新的可愛之處，我開始歡喜巴黎，而且非常歡喜，可是當我開始歡喜巴黎時，我卻要離開巴黎了。當我初抵巴黎時，我常盼能早日離開，但當最後我要離開時，卻感到依依不捨，人的感情常隨時間和環境而變遷。

倫敦市區居處不易

我終於轉調到倫敦，去倫敦之前，已經知道倫敦和巴黎的情況是大不相同的，適應一個大不相同的新環境，至少又要作一番新的努力，那當然不是一件很舒服的事情。

我們在倫敦的辦公室和住處是分開的；辦公室在市內，只能辦公，不能住人。我到倫敦後的第一件事，就是尋找住處，原想住在市內，但市內不但房租昂貴，而且一時也不易找到適當的地方，最後只好決定住郊區，每天乘地下火車和公共汽車上下班。因爲距離較遠，車子行駛的時間就得一小時以上，再加上候車、轉車，以及由住處去車站和由車站去辦公室的時間，單程行動就要九十分鐘，有時候等車費時，花上兩個小時也不足奇。早晚各一次，初來頗覺吃力，尤其到了多天，風大雪多的時候，更不好受，後來漸成習慣，也就不以爲苦了。

交通繁忙費時費事

在倫敦市區工作而住在郊區的人，每天都是這樣的上下班，很多人是花上一兩個小時乘火車來上班的，所以每天早晚，倫敦市內的火車站前，都是人潮洶湧。自己開車來上班的人極少，一則距離太遠，途中交通容易阻塞，不如地下火車或火車方便迅速。而更大的問題是停車困難，市區內停車場收費甚高，偶爾停一小時或半小時，所費也許不多，但若每天把車子開到停車場，作長時間停留，其費用就不是一般人所能負擔的了。

兩城相較各異其趣

就我在倫敦的工作而論，外在的環境與巴黎相類似，但內在的環境則大不相同。有了單獨的辦公室，就添了許多額外的雜事，每天又有定時的新聞廣播，必須有新聞播出，此外還要接收歐洲其他地區的來電，所以忙碌和勞累兼而有之。因之最初兩三年，根本沒有時間去了解倫敦，更談不到欣賞。我在巴黎，約在一年之後，才漸漸的進入情況；但在倫敦的最初幾年，幾乎全都消磨在辦公室和上下班的車子裏，我當時對倫敦的了解，完全是基於報紙和電視上的報導。後來為了陪同國內來客，才開始參觀了一些文物史蹟，並遊覽了一些市內的名勝。

我原以為會在巴黎逗留一段較長的時間，但不到三年，我就被調開了，到了倫敦，我預計最多也不過留上三年或四年而已，所以一切都不作長久的打算，想不到在我執筆撰寫此稿時，我仍留在倫敦，人生的行止，有時是很難預料的。

留居的時間既久，知道的事情自然增多，所以我寫《霧裏看英倫》這本小書，但以倫敦而論，除了公園以外，我說不出有什麼地方我特別歡喜。老實說，巴黎所有的文學、藝術、雕刻、戲劇以及其他的文物史蹟，倫敦也都有，倫敦的西敏寺和聖保羅兩大教堂，無論是歷史背景或建築設計，也都能與巴黎的聖母院和聖心堂媲美。但倫敦缺乏巴黎的那種氣氛與情調，這是只能意會而無法言傳的。

最長的巴黎週末

前言

一九六四年元月二十七日，法國的戴高樂政府承認北京政府，中華民國政府乃於二月十日在臺北宣布與法國絕交。邦交既斷，我們駐法大使館當然要撤退，但大使館在巴黎尚有兩處房屋，一在巴黎第八區的喬治五世大道十一號（11 Avenue George V, Paris 8 ème），一在巴黎十六區的貝歌萊斯街四十七號（47 rue Pergolése, Paris 16 ème），前者是駐法大使館的館址，後者原是駐巴黎的總領事館，後來總領事館裁撤，另在駐法大使館下設領事事務處，後一處房子就改作館員宿舍。第八區和第十六區都屬於巴黎最好的地區，這兩處房子本身的建築也都是第一流的。喬治五世大道上的那所房子，原爲一法國貴族所有，尤具規模，據說是錢泰任大使時所經手購買。惜乎自大陸撤退後，外交經費不足，這兩所房子都已年久失修，在撤館之前，都已顯得陳舊不堪，又因暖氣系統損壞，到了冬天，這兩處房子內冷得像冰窟一樣。

大使館在撤退之前，原可將這兩所房子賣掉，但因那時法國政府承認北京政府在即，已沒有人肯買這兩所房子，如果在撤館時交給法國政府保管，則法政府必在與中共建交之後，將這兩所房子移交給他們，我國外交部對於這種情勢當然了解，所以在法國政府承認北京政府的企圖日趨明顯時，外交部的有關部門就想出一項對策，那就是命令駐法大使館準備在一旦要撤館時，先將這兩處房子移交給我國駐聯教組織的代表團。

聯教組織就是聯合國教育科學文化組織（United Nations Educational Scientific and Cultural Organization）的簡稱，是聯合國的特別機構之一，總部設在巴黎，聯教組織在巴黎設置總部時，曾與法國政府簽訂了一個總部協定（Headquarters Agreement），根據這個協定，凡是聯教組織會員國的代表，無論其所代表的國家與法國有無邦交，在法國均享有充分的外交特權與外交豁免權。

外交部的有關部門，就是根據這一點規定，決定將駐法大使館的兩處房子，移交給我國駐聯教組織代表團，俾在中法絕交之後，這兩處房子可以得到外交庇護，即令法國政府不同意這項辦法，但我國駐聯教組織代表團享有外交特權，法國政府也將無可奈何。這當然是屬

青年外交官，齊佑也是留法學生，原任大使館專員，法語之流利，在大使館職員中可數第一。張紫嶼是一畫家，雖在使館工作甚久，但其主要興趣仍在繪畫。王家煜初畢業於臺大，後畢業於巴黎大學，曾任留法同學會會長，因其品學兼優，人又能幹，所以爲代表團羅致。此外原爲大使館雇用的司機、門房和電話生等也都留任，於是代表團的陣容爲之一新。

高士銘代辦和大使館其他館員於二月二十日離開巴黎，陳源教授就率領代表團的全體人員遷入原來的大使館中辦公，陳代表、趙克明、李南興及齊佑等並住在館內，同時陳代表並指定張紫嶼與王家煜及其眷屬住進貝歌萊斯街四十七號，以便照顧該處房屋。高士銘代辦在離開巴黎之前，曾向法國外交部遞了一個照會，說明大使館的兩處房子已經移交給我國駐聯教組織的代表團使用，法國外交部當時未作任何表示，連收到這項照會的表示都沒有。很顯然的，中國外交部的這一著棋，已使得法國外交部一時莫知所措，因此在代表團接管大使館房子後的最初一年中，一切尚稱平靜，後來法方雖開始勸代表團遷出，但情勢尚不十分嚴重。

隨著時間的消逝，這種表面上還算平靜的局面，也逐漸開始惡化，代表團所承受的壓力日漸加重；同時法國對於整個中華民國的態度也起變化，在絕交後的最初一段時間內，法方尚承認我國護照，出入境簽證都在護照上辦理，後來則另外辦理，表示不再承認我國護照，到了一九六五年十月初，法國內政部忽然命令新聞局代表丁德風離境，而且一直不肯說明原因何在，到了一九六六年三月初，旅法僑胞所辦的《三民導報》又被禁止發行；而且從這一年的新年開始，法方幾乎每個月都在催逼代表團遷移，態度也越來越強硬。陳源代表雖然還能沉著應付，但精神上非常苦悶。這時代表團的人事也稍有變化，張兆早已返臺，副代表又由兩人變成一人，李南興調到非洲作大使，他所遺專門委員一職就由外交部派了條約司科長史克定接任。

因爲擴大後的代表團是由教育、外交兩部的人員組成，其中不免有門戶之見作祟，因之合作並不十分理想；此外待遇上也有不同：外交部有固定的海外經費，所以代表團的外交部職員均照外館人員的待遇支薪，教育部的人員則只靠一筆經費維持，數目甚小，所以待遇較差。陳源的職務最高，然其薪俸還不如外交部的專門委員，就海外的生活情況而言，外交部的待遇已經很低，而陳源的待遇尚不如外交部的專門委員，其清苦可知。趙克明也因爲是教育部所派，不但待遇低，還拿不到外交護照。這種情形的發生，是由於代表團缺乏一個單獨的組織法，很難歸咎於任何人，後來總算改正了，但那是陳源代表退休以後的事情了。

外間的壓力既然日重，而內部情況又如此，所以代表團內的氣氛一直很沉悶，除了看守房子之外，也很難作任何其他的事情，而看守房子的唯一仗恃就是代表團所享有的外交特權。

鑒於當時情勢的日趨嚴重，我覺得法國當局也許會採取外交途徑以外的辦法，來迫使代表團遷出；我們的外交官認爲我的想法完全是新聞記者的敏感，他們提醒我不要忘記代表團享有外交特權，我當然記得這一點，但我也記得並非所有的國家都遵守所有國際法上的規定。鑒於我國當時在國際上的處境，法國可能會沒有顧忌的採用一些非外交的方法。但我必須承認外交官的判斷多是根據工作經驗，而新聞記者的構想則多出諸職業性的敏感。不幸的是敏感竟變成事實，而且比由敏感而來的構想更嚴重。以下就是法國政府以違背國際公法的手段，強迫我國駐聯教組織代表團離開原屬大使館的兩處房子的經過：

最長的週末

巴黎的三月氣溫仍然很低，早晚寒意尤重，三月十二日是星期六，我在八時左右起床，仍是照著例行的生活方式，先洗澡並聽新聞廣播，然後喝咖啡和看報，我的咖啡尚未喝完，報紙也只看完了第一頁，忽然有人來按門鈴，我心想一定是有幾位中國同學來了。我自到巴黎，即和留法的同學們往返甚多，每逢週末，他們常來寓所找我，如果天氣良好，我們就結伴郊遊，否則就留在我的寓所內看電視、聽唱片或是談天，有時候也燒一點中國飯解饞，同學中有一兩位烹飪的手法頗爲高明，所以當時一聽鈴響，我就以爲是有同學們來訪了。

但當我開門之後，發現來客竟是駐聯教代表團專門委員史克定的太太，史克定夫婦是二度來法，他們初來時曾到過我的辦公室作過一次禮貌性的拜訪，這一次史太太單獨前來，又在清晨，而且面有驚惶之色，我立即意識到有一些不尋常的事情發生了。

未等我開口，史太太就告訴我法國警察數十人包圍了代表團在喬治五世大道的辦公室和官舍，限令代表團在中午以前遷出，同時並控制了電話，切斷了代表團對外聯絡，禁止一切人入內，史太太手提菜籃，裝著出外購買食物，警察才讓她出來。因爲代表團的人不能隨意出來，出來之後即無法回去，電話又被控制，所以史太太托我替代表團作一點聯絡工作，最好能找到代表團的顧問周麟，因他是住在代表團內，行動自由，請他儘速去聯教組織總部抗議，史太太因爲先生仍被困在辦公室內，孩子們一早去了學校，很不放心，講完了話之後，又匆匆的趕回去了。

作爲一個新聞從業員，我的第一個反應是想先去現場看看實際情況，再向總社發急電報導，但鑒於史太太是剛從代表團出來，我對這個突發的變故，沒有理由懷疑，何況法國警察這一手，也並不完全出我的意料之外。爲了明瞭裏面的情況，我仍試打了一個電話去找陳源代表，發現電話果然已被切斷，想到代表團的朋友們全都被圍困在內，而我是當時唯一能替他們聯絡的人，我乃決定先替他們作一點事。

我決定先找周麟，他具有代表團顧問的身分，可以向聯教組織辦交涉，但電話打到他家中之後，一直無人接聽，等了一會兒之後，我忽然想起周麟曾經告訴過我，他在巴黎郊外有一所房子，每逢周末就和他的法國太太一同去郊外休息，他曾約過我去他們鄉下家中度週末，我因事未能去，但也忘了問他郊外家中的電話號碼，無從聯絡，但除他之外，一時又想不到能爲代表團辦交涉的人，不禁焦灼異常。

我這時候還未想到法國警察會用強迫手段，我猜想他們包圍代表團的目的無非是切斷一切供應，迫使代表團人員自動遷出。據說二次大戰之前，德國政府就曾對某一外國使館，使用這個辦法。我國代表團內的設備本來就很簡陋，如果電力供應被切斷，照明和取暖都成問題，當時天氣仍然很冷，陳源代表單身住在巴黎，每天都要外出到餐館吃飯，如果內無水電，又不能外出飲食，這使年逾七十的老人如何受得了，何況他素患高血壓，身體健康欠佳，想到這裏，焦灼之外，又添了許多憂慮。

我又想到法國當局選擇一個週末採取此種行動，目的自然也在怕引人注意，作爲一個新聞從業員，我自然沒有資格向法方面交涉，但我可以設法使大家注意到這個不平常的事件，想到此處，我決定將這件新聞轉告給巴黎的同業，我開始打電話找我所認識的新聞界的朋友，這一次運氣甚好，我所要找的人都找到了，有一位法國同業並熱心的替我向四方傳播這個消息，星期六大家都在休假，新聞本來不多，現在突然發現法國警察包圍了另一個國家的代表團，這不僅是新聞，而且是極富刺激性的新聞，於是這件事就像野火燎原一般，很快的傳遍了巴黎。

十分鐘後我趕到喬治五世大道，發現我國代表團外站了許多警察，警察之外站了許多記者，警察不許記者入內，記者也不肯離開，而且攝影記者和電視記者已經開始忙著工作，我的目的已達，便又匆匆趕回辦公室，這本是我最先獨得的消息，不應轉告其他同業，但此時的情勢不同，我決定先盡國民義務，再盡記者責任，事後反省，也還覺得這個作法沒有錯。

回到辦公室立即撰寫一簡單電報，但在發電之前，我又想到，法國當局既是有計畫的行動，說不定我拍發的電報也會受到延擱，決定打電話到倫敦，請我們的西歐分社代向臺北發電，這個顧慮事後證明是多餘的，從我到法國時起，一直到我離開時止，我雖未能得到什麼便利，但也從未受到任何干擾，總理府內專門負責簽發記者證的一位法國高級官員對我十分友好，我對法國人的民主自由精神一直很有信心，但法國警察對我國代表團的行動，我的信心動搖了，所以想到從倫敦發電。

這個時候原在倫敦的西歐分社主管曾恩波兄已調至香港分社，我已奉命去倫敦接他留下的職位，但因巴黎還有不少的事情待辦，所以一時不能成行，倫敦的西歐分社只有同事馮小民兄一人在維持，我在電話中告訴馮小民兄巴黎所發生的事情，並請他立即向臺北總社發一急電報導，同時並請他留在辦公室內等我的電話。此事未了，隨時都可能有新的發展。

我剛打過電話之後，合眾、美聯及另外幾個外籍同業前來找我，他們因爲既無法進入代表團，又打不通電話，所以來問我有無進一步的消息，其實我所面臨的情勢和他們一樣，不過我對整個問題的背景，比他們知道的多，他們對於這一點也很注意，於是我就根據聯教組織與法國所締的總部協定及國際法上的外交特權，將整個問題作了一個背景分析，在談話之中，我發現有些同業對於國際公法的知識並不太够，我在大學讀書時是學外交的，我的國際法知識雖然不能和專家相比，但總比外行要略勝一籌，所以當時也還能引經據典的談論一番。當我們談論時，仍不斷有其他外國同業來找，自我到巴黎後，中央社駐法辦事處從來沒有這樣熱鬧過。

剛剛送走了幾批同業，忽然代表團的職員王家煜和張紫嶼來了，他們兩位的太太也一同來了，手中還提著一點簡單的衣箱，他們原是住在貝歌萊斯街四十七號那座舊總領事館房子裏面的，他們的突然到來，使我不禁一驚，他們還未張口，我已經意識到情況是更嚴重了。據他們說，法國警察一大早就將該處房子包圍，然後強迫他們離開，抗議和爭辯都無效，一時又無處可去，就只好到中央社辦事處來了。當時《中央日報》駐法特派員龔選舞已奉調返國，新聞局代表丁德風也已被法方命令離境。代表團既已被包圍，則中華民國在巴黎的機構，就只剩下了一個中央社辦事處了，我當即請王張兩家不要焦灼，我的住處尚寬，他們可以暫時在我處住下，彼此也可照應。

安置了王張兩家之後，我想到這個事件比我最初所想像者要嚴重得多，代表團所要保護的兩處房子，至少已有一處已被法國警察佔領了，我乃再打一電話到倫敦，請馮小民兄再發一急電到臺北，向總社報告此一新的發展，並請他繼續留在辦公室內，因爲我可能還要請他發電。與倫敦通話之後，決定再打電話到比京布魯塞爾，通知陳雄飛大使，電話打通之後，卻找不到陳大使，原來他已奉部令到瑞士開會去了，我只好告訴丁參事，並請他儘速通知陳大使，和駐比大使館聯絡之後，我再打電話到日內瓦找劉蓋章大使，但通往日內瓦的電話一直是佔線，等了很久打不通，只好放棄，我想既已通知駐比大使館，他們自會和外交部聯繫。

初步的聯繫工作完成之後，我覺得應該去聯教組織總部看看他們的態度，我乃請張先生夫婦替我照顧辦事處。又請剛在巴黎大學進修完畢的王太太羅經皖女士注意收聽廣播，並替我接電話，我並告訴她只要記下來人的姓名和電話號碼，並告訴他們我何時可以回來，此外不要多講話，別人如果問她的身分，就說是中央社辦事處的祕書。

安排就緒之後，就約王家煜兄陪我一同去聯教組織總部，目的是看能否找到一位負責的官員，我雖無外交官身分，不能作任何交涉，但可以記者身分，請他們就此事表示意見，即令他們拒絕置評，我也可以就此機會讓他們知道，我們的代表團正在被法國警察包圍中，以免他們事後推說不知。

到了聯教組織總部之後，我先去新聞處，那裏尚有一二熟人，但因當天是星期六，辦公室內空無一人，轉到傳達室要求見祕書長馬友（René Mareu），傳達室說祕書長週六也不辦公，我說因有急事，既見不到祕書長，任何輪值負責的官員都可以，傳達室聽說我是記者，倒很熱心幫忙，打了半天電話，好不容易找到一人，一聽我是記者，不但不肯談話，連見面也不肯，我問他祕書長家中的電話，他說不知道，而且不等我再提問題，就將電話掛斷，再問傳達室也說不知道，這可能是事實，因爲有些所謂要人是不願別人知道他家中的電話的。

當我正在聯教組織總部樓下大廳中徘徊，考慮再找何人時，忽然看見代表團的副代表趙克明從外間進來，心中頓時一寬，因爲他來了之後，一切聯絡工作都可由他來進行，他是副代表，具有官方身分，對外聯絡名正言順，而我就只須專心採訪和報導，用不著爲其他的事情操心了。

克明兄告訴我，他是頭一天晚上回家探望太太和孩子，第二天早上回到喬治五世街時，發現代表團被法國警察包圍，所以急忙趕到聯教組織總部來，代表團在這裏還租用了兩間小辦公室。和克明兄會面之後，我本想立即回辦公室，但他堅持要我留下，以便有一個人可以交換意見，其實我並無任何有價值的意見可以向他貢獻，但我深知他那時心中很亂，需要有一個人作精神上的支援，我當然義不容辭。再說法警已將代表團包圍，切斷了他們與外間的聯絡，克明兄成了當時我唯一可以接觸的我國政府官員，他的聯絡工作如有結果，可能還有很重要的發展，爲了我自己的報導工作，我也要和他保持密切的接觸；因此我決定留下來陪他。

在代表團的辦公室稍稍商談之後，即由克明兄開始向有關方面打電話，他有馬友家中的電話，先打馬友家中，找到了馬友的太太，她說馬友去巴黎以外的地方度假去了，至於去什麼地方，則又推說不知道。再找聯教組織的其他有關官員，也都不在家，最後總算找到助理祕書長福布斯（John E. Fobes），他是美國人，對我們甚爲友好，聽說法國警察包圍了我國代表團，就答應由他負責去找祕書長馬友來應付這個事件。

打了一陣電話之後，已是近午，這時廣播電臺忽然報導說，有一輛法國警局的救護車開進了中國代表團，克明兄與我聽了這項消息之後，都不禁一愣，因爲我們都知道陳源代表的血壓一直很高，他是否因爲受了刺激突然病倒了呢？或是其他人員與法國警察衝突而受了傷？我們既無法進去，又打不通電話，商量的結果，決定由克明兄向友好國家的代表或駐法外交使節打電話，告訴他們當前發生的情況，並問他們是否可派代表去探視一下，澳洲、美國和日本方面的反應都很快，澳洲大使親自去了一趟，美國派了一位公使去，日本去了一位參事，雖然他們都爲法國警察所阻未能進去，但都親眼看到法國警察包圍一個外國外交機構的眞實情況。

我和克明兄因爲無法明瞭代表團的情況，深爲陳源代表的健康而擔憂，克明兄追隨陳先生工作多年，公誼之外，自然還有一份私情，我雖認識陳先生較遲，但認識之後往返甚多，平時又常領教益；所以我也視他如自己的師長，我和克明兄忙了一陣之後，仍然問不出消息，不禁相對默然，一時竟說不出話來。

下午一時左右，王家煜太太從中央社辦事處打電話來，她說史克定太太剛剛有電話到辦事處，她說陳先生和史克定已坐法國救護車撤退到距巴黎約二十五公里的凡爾賽去了，法國外交部在那裏替他們預定了一個旅館。現在只有祕書齊佑和史太太留在代表團。史太太是在等孩子們放學回來，齊佑則在設法把國旗、團徽及代表團的汽車等搬出來。這自然是一個很重要的新發展，因爲這表示喬治五世街上的那處房子也被法國警察佔領了。我決定先和陳代表或史克定兄聯絡一下，問問大致的經過，再繼續發電向國內報導，但我們雖然知道他們已去凡爾賽，但卻不知道是在那一家旅館，克明兄說凡爾賽地方的旅館不多，我們可以根據電話本逐一查問，但凡爾賽是郊區，他辦公室內沒有郊區的電話本，我們必須去郵電局查號碼。

忙碌了大半天，我和克明兄既未吃早點，也未吃中飯，這時兩人都覺得饑腸轆轆；但又沒有時間去餐館吃飯，幸好克明兄辦公桌抽屜內有一瓶花生米，我們就各人吃了一把花生米，然後匆忙的趕往附近一個郵電局。克明兄忙著先向教育部發電報，報告代表團的房子已爲法國警察佔領，我則去查電話本，天下就有這樣湊巧的事情，我要查閱的凡爾賽電話本正在一位白髮蒼蒼的老太太手中，她正戴著老花眼鏡在慢慢找她所要的號碼，足足等了十五分鐘，她才放下那個電話本，當時我覺得那十五分鐘比一個鐘頭還長。

逐一查問的結果，總算問出了我國代表團人員是住在Trianon Palace Hotel，並且和史克定兄通了話，證實他們已在法國警察強迫下撤出，代表團的房子已被法國警察佔領。我立即趕回辦事處，再打電話到倫敦，請馮小民兄再發急電向臺北報導。這時陳雄飛和劉蓋章兩大使也都來過電話，我又分別給他們電話，告以最新的發展；我國在日內瓦的代表團有TELEX直通臺北，我相信他們自會立即把巴黎的發展向外交部報告。

據王太太告訴我，在我離開辦公室的兩個多小時內，辦事處的電話幾乎沒有停過，都是外國同業來問消息，我回來之後，電話仍然不少，在這一天之內，中央社巴黎辦事處出進電話的次數總要近百，這是我到巴黎後最高的紀錄。下午六時許再去聯教組織總部內我國代表團的辦公室，克明兄告訴我，聯教組織的美籍助理祕書長福布斯已經找到了祕書長馬友，馬友在聽說此事後，已立即在電話中向法國外交部提出口頭抗議，聯教組織在星期六所能作的事也就到此爲止。

七時克明兄開車去凡爾賽，約我同行，克明兄因在巴黎時久，陪國內來客去凡爾賽遊覽的次數極多，對當地情形頗熟，所以很快的就找到我們要找的旅館，並在旅館中見到了陳源代表以及史克定與齊佑兩兄；陳先生躺在床上休息，他滿臉通紅，顯示血壓仍然很高，不久原在我們中央社辦事處休息的王家熤和張紫嶼兩家也來了，於是整個代表團的人員都聚集在這個由法國外交部所事先預定的旅館之內。

陳代表告訴我他已在下午五時許在旅館中接見了法新社的記者，發表了一個口頭聲明，由史克定兄擔任法語翻譯，陳先生並向我講述他發言的要點。這時候新聞界同業打電話來問消息的人仍然很多，有人講法語，有人講英語，代表團中只有陳先生是常講英語的，但他這時血壓仍然很高，講話吃力，便留我在他房間內替他在電話中答覆一些英美記者的詢問，我並不是自己發言，只是將陳先生對法新社記者的談話轉告英美同業而已，當我在電話中和路透社記者交談時，知道法新社已將陳代表的談話發稿，而且內容很忠實，我本想也將這個聲明發回臺北，但法新社既已發稿，內容又無錯誤，就覺得沒有立即發電的必要了。

法警態度強橫

在接電話的空閑之間，克定兄就向我講述當時發生的情形，他說在當天上午八時以前，法國警車載來大批警察，將我國代表團團團包圍，到了八時許，法國外交部的一名官員帶著三、四十名警察進入代表團，限令代表團的人員在中午以前撤出；當經陳代表拒絕，於是法國警察乃進入所有辦公室和私人臥室，禁止一切人出入，同時並控制了電話，阻止代表團人員與外間聯絡。

雙方相持到十一時左右，法國警察的態度更趨強硬，聲言代表團人員如不在午前撤出，他們將強制執行，陳源代表素患高血壓，經此刺激，血壓驟升，人也無法支持，法國警察乃召來一輛救護車和一個醫生，爲陳代表看病，到了十二時十分，陳代表和史克定終於在法國警察的強迫之下，坐救護車離開了代表團，並被送到凡爾賽來，史克定的太太暫留代表團內等孩子們放學，齊佑則在收拾國旗、團徽和其重要物品，到了下午六時，他們也都趕到凡爾賽，他們走後，所有的辦公室和私人房間都被法國警察貼上了封條。

在這個緊要的關頭，代表團的法籍司機瑞孟・畢度（Raymond Bidaux）卻有非常動人的表現，這個法國司機原是陳雄飛主持館務時所雇用的，陳調比大使後，這個司機仍在大使館開車，大使館撤退後，他就轉入代表團工作，平時沉默寡言，但工作甚爲認眞，以他駕駛技術之佳以及對巴黎街道之熟，他可以在任何機構中，拿到比我國大使館爲高的待遇，但他不肯走，據他自己解釋，歷任館長和館員都對他非常客氣和友善，他在精神上頗感愉快，所以不願爲多拿錢而離開中國雇主。

在法國警察佔領代表團房子的那一天，他因生病而請假臥床在家，但當他從廣播中聽到法國警察包圍了代表團時，他即不顧一切的趕回了代表團，後來代表團的車子和一些重要的東西能夠撤出，完全是因爲有他開車的原因，我們中央社辦事處停在代表團後院的車子，也是由他替我開出來的。在代表團被迫撤離時，齊佑兄的善後工作作得甚好，而這位司機在那時給他的幫助甚大，最難得的是他正在生病，卻能奮不顧身的來開車，一個外國司機能夠如此忠心，實在值得表揚。

我在午夜時才離開凡爾賽，回到巴黎之後，立即趕到國際電報局，在他們爲新聞記者工作而準備的房間內，就馬友向法國外交部抗議、陳代表對新聞記者談話，以及代表團兩處房子均爲法國警察佔領等，寫了一則綜合性的報導，約在凌晨一時許發出，發完這則電報回到辦事處已是凌晨二時了，可能是因爲白天精神上過分緊張和疲乏，就寢之後竟輾轉反側不能入睡，直到天色黎明，才朦朧的睡去。

十三日上午七時許，我在夢中被電話鈴驚醒，而且從這個時候起，整個上午電話鈴聲不絕於耳，都是僑胞和留法同學們向我打聽代表團的消息的。由於報紙、廣播和電視上的報導，我國代表團的房子被法國警察佔領一事，在巴黎幾乎是人盡皆知了。不過因爲報導不够詳細，外間產生了許多謠傳。有人說代表團的全體人員都被法國拘禁了，更有人說法國當局要將所有從中華民國來的人都驅逐出境，因此忠貞的僑胞感到關切，由臺來法國讀書的同學們不免驚慌。代表團的房子被佔，人員下落不明，沒有其他的地方可問消息，只好都來找我們中央社，我一方面告訴他們事實的眞象及代表團人員現在何處，另一方面並向他們解釋此事只涉及房子產權，不涉及其他，勸他們寬心，同時並勸同學們安心讀書，此事絕不會影響他們。整個上午都在忙著接聽電話，並一再重複的講一些已經講過的話，不但沒有時間出門吃早餐，連洗臉的時間都沒有，直到中午才有時間盥洗，幸虧那一天上午沒有客人來訪，否則眞是狼狽不堪。

中午趙克明兄來電話，告訴我聯教組織祕書長馬友已返巴黎，並將於當日下午去凡爾賽拜訪陳代表，我聽了之後，立即跑到附近一家咖啡館吃了兩片麵包，作爲午餐，然後即匆匆趕到凡爾賽，在旅館中等候馬友的到來，以便訪問，馬友原說是下午三時去旅館，但直到四時左右才到達，據說是因爲星期天巴黎至凡爾賽途中交通擁擠不堪，所以誤時。馬友和陳源代表談了約半小時，即行告辭，我攔在客廳門外訪問，馬友拒絕答覆任何問題，不過他的態度倒還客氣，一面走路，一面拍我的肩膀，向我解釋在目前情況下，他對任何記者作任何談話，都將引起爭論，不過他將在第二天（星期一）經由聯教組織的新聞處發表一個聲明。

馬友走後，我乃往見陳源代表，他說他和馬友的談話，是根據事前擬好的一個稿子，然後就將他的稿子給我看。陳代表連日爲高血壓困擾，精神極差，他預先寫好稿子作爲談話的依據，可以看出他作事的謹愼，但我看了稿子之後，發現他們談的只是頭一天法國警察包圍並佔領代表團房子的經過，既未要求聯教組織向法國政府抗議，也未要求收回房子和賠償，就一個新聞記者的觀點而言，這次會面和談話缺乏值得報導的新聞，與我想像中要談的事並不相同。我乃問陳代表他與馬友的談話是什麼性質，他說只是說明事實發生的經過，我問他爲何不提出收回房子和賠償的要求，他乃向我解釋說馬友雖然承認我國代表團享有外交特權，但對房子的產權問題，並不同情我們，言外之意，抗議和要求賠償都不會有何結果。就事實而言，這個看法並不錯，但從外交觀點而言，似乎缺少了一個不可少的重要行動。陳代表當年在國內杏壇上是一位頗負盛譽的學人，而且筆鋒犀利，曾因與左派文人魯迅筆戰而名噪一時。但這時候他不但年事已高，而且健康又差，對於應付一個複雜而又是突發的外交問題，顯然有一點力不從心，他在和我談話時，仍然是滿臉通紅，顯示血壓仍高，他說他經常感到頭昏，講話很吃力，我勸他稍睡片刻，到了晚間精神稍好時再談。

陳代表經過一個多小時的休息後，精神稍佳，乃又約我到他的房間談話，並問我有何意見，我說我覺得代表團應要求聯教組織採取以下步驟：①爲中華民國代表的遭遇向法政府提出最強硬的抗議，②要求收回被法國警察佔領的兩處房子，③要求法國政府賠償中國代表團因此事所受的一切損失，並保證以後不再發生類似事件。我說我們和法國雖無邦交，但我們是聯教組織的會員國，而聯教組織與法國政府之間簽有「總部協定」，保證所有會員國的代表都享有外交特權，現在法國政府既違背上述協定中的規定，聯教組織有責任向法國政府交涉，我們這些要求也許不會有什麼結果，但卻是一個不可少的步驟，而且將來國際情勢有變化時，我們再提同樣要求，就有所根據了。

我提出上述的看法，完全是基於一個新聞記者的常識，我在大學讀書時雖然是學外交，但從未作過外交官，自然談不到經驗，但在新聞界濫竽多年，經手處理過不少類似的新聞，知道這一類事件發生後必然會有的一套反應；至於陳代表之約我商談，是因爲我們常在一起談天。他當時雖是政府官員，但仍不失教授本色，我在離開臺北之前，也曾有幾年在大學裏誤人子弟，有這一點類似的背景，所以我們處得極好，有事時固然常約我談談，星期天閒暇時，我也常陪他去盧森堡公園看花、去羅浮宮博物館看畫，或者在香榭麗舍大道上的咖啡館中喝咖啡，並聽他談當年北京文化教育界的逸事。

陳代表在聽了我的意見並稍經考慮之後，並叫我去約趙克明和史克定兩兄到他房間內來共同商量，趙史兩人都是富有工作經驗的人，對於應該採取什麼步驟，都早胸有成竹，所以稍經商討，就很快的獲致結論，最後由陳代表指定趙克明負責起草一個法文照會，以便向聯教組織提出，內容要點和我根據新聞經驗所想像的相同。同時，陳代表並指定史克定兄起草一個電報，將當天發生的一切事情向外交部報告，其他事務則交祕書齊佑兄和其他兩位職員負責處理，大家都開始為自己的工作忙碌，代表團又無其他的新聞，我這個局外人不宜多留，在凡爾賽吃了一頓晚飯，約在十一時左右就又匆匆趕回巴黎。

回到辦事處後，即開始撰寫一較長的電報，內容分三部分，第一是說明代表團已向聯教組織提出照會，抗議法國政府侵犯我國代表團外交特權的行為，並要求收回房屋及賠償等，第二報導馬友去凡爾賽拜訪陳代表，表示慰問之意，第三是根據陳代表的談話，再追述一些星期六那一天所發生的事情。這個電報長達一千多字，決定留到第二天由我們在倫敦的定時廣播中發回臺北。諸事辦妥，上床就寢時已是清晨二時左右了。

十四日上午八時左右，在電話中和趙克明兄取得聯繫，知道他通宵未眠，已將一個很長的法文照會寫妥；他並在電話中告知照會的內容與頭一天晚上所決定者相同，照會將在上午九時左右向聯教組織祕書長馬友提出。我打電話的目的是怕頭一天晚上所瞭解的一切，臨時又有了變化，既經證實無誤，乃將寫好的那則長電用電話報往倫敦。在電話中報稿子，唸稿子的人固然吃力，而接聽的人則更辛苦，平時遇有長稿，我總是用限時航快或電報發往倫敦，非有必要不用電話，以免增加馮小民兄的負擔，但十四日那一天卻無法避免了。我唸完那則將近兩千字的長稿，已經很累，馮小民兄接聽的辛苦更可想而知。

因爲馬友在十三日下午講過，他要在十四日的下午發表一個聲明，所以我在下午一時前就趕到聯教組織總部，一直等到下午三時，才從聯教組織總部新聞處拿到一份聲明，內稱馬友已向法國政府提了一個書面抗議，聲明既短，內容也極空泛，但聯教組織向法國政府抗議這件事，總也算得是一個新的發展，乃重返辦事處，預備發一個電報，但剛剛在打字機上放了一張稿紙，馮小民兄忽從倫敦來長途電話，他說剛剛接到總社的電報，由於氣候的干擾，上午所發電報，臺北一個字也未收到，他建議將上午所發電報，摘要寫一短電發回。事實上，除此之外，也別無善策，我就請他將馬友向法國政府抗議一事，也加在短電之內，以免我在巴黎再另外發電。忙了很久才寫成的稿子，臺北竟一個字也未能收到，雖然氣候干擾是屬於不可抗力，但心中仍然感到很不愉快。當時心想，我們從倫敦到臺北的定時新聞廣播是Morsecast（莫爾斯），距離既遠，又常受氣候干擾，實在應該改善了。

下午四時再去聯教組織總部，見到趙克明兄，知他已和聯教組織總部的法律顧問作過一次長談，這位顧問認為法國政府侵犯了我國代表的外交特權是毫無疑問的。但關於房子的產權問題，他認為我國的立場並不太鞏固，這位顧問並指出許多國際法庭的判例，都對我們很不利。

為了尋求理論上的根據以及個人的興趣，我和趙克明兄又就這個問題討論了很久，並在他的辦公室內，翻閱有關書籍，作一點研究工作。克明兄是巴黎大學的法學博士，在法律方面的知識自然豐富，我當年在大學念書時，國際公法和國際法成案也是我們外交系主要的課程之一，所以我在這一方面也略具常識，而且興趣濃厚，因此兩個人討論得很起勁。晚間回到中央社辦事處，又重行翻閱在美國讀書時所購買的國際法和國際法判例的書籍。這些書先從美國帶回臺北，不久我奉派到巴黎工作，因路途遙遠，本想不帶，但老同學齊振一兄一再勸我交郵寄到巴黎，作為參考之用，他說作外交記者的人，應多具備這一類書籍作參考，然後寫稿子才有深度，想不到果然有用處。

我和克明兄討論時，除了研究房子的產權之外，還研究法國外交部發言人的談話，這位發言人在對記者談話時，曾強調一點，即外交代表的住處及辦公處之不能侵犯，只是爲了便利其工作，並不是領土的延長而享有治外法權，這一點自有其國際法理論上的根據，但法國外交部發言人之強調這一點，無非想藉此減少法國政府侵犯我國代表團外交特權的責任而已。關於房子產權問題，因爲法國是地主國，又已承認北京政府，自然有不少對我國不利之處，但法國政府侵犯我國代表團外交特權則爲不可否認的事實，而且是在國際上非常罕見的。

晚間就寢以前，乃以研究所得，以代表團官員及觀察家談話的方式，撰寫了一則較長的電報，從法律及外交觀點，分析整個問題，稿子寫成之後，次晨經倫敦發回臺北，後在中央社總社每週發出的業務通訊中獲悉，臺港兩地報紙採用這則電報的甚多，努力並未白費，當然很感愉快。

十五日上午兩度與代表團聯絡，知道他們已經採取了所有應該採取的行動，現在正在巴黎尋覓一處比較適宜的旅館，以便早日遷返市區，因爲凡爾賽距市區太遠，來往辦事諸多不便。同時因爲兩年前選出的聯教組織的俄國籍主席於十一日在莫斯科病故，馬友已趕往莫斯科去參加他的喪禮。祕書長既然公出，聯教組織在對法國政府提過抗議之後，一時也不會有進一步的行動，從新聞觀點來說，這個在巴黎轟動一時的外交事件，也就暫時告一段落了，

參加斯大新聞中心研討會

一九六五年三月五日，收到中央社沈總編輯宗琳來電，說是總社已同意臺北市記者公會的要求，要我去參加斯特拉斯堡大學（University of Strasbourg）國際新聞中心所主辦的研討會。在通常情況下，要準備兩件事：一是旅行手續；二是會議討論所需要的資料。因爲斯特拉斯堡是一法國城市，前往該地旅行，毋須向巴黎警察廳辦理出入境手續，也毋須向任何領事館申請簽證，只要請旅行社代購一來回火車票即可。但關於第二件事，卻無從準備，因爲總社來電簡單，我根本不知道會議中要討論什麼問題，只好等總社來信的詳細指示。在等信期間，我也嘗試向同業之間，問些斯大新聞中心的情形，但毫無結果。

三月十三日同時收到總社和時任臺北記者公會理事長的魏景蒙先生來函，對於要我去開會的經過，有所說明。魏先生作事很週到，信中並附了一張美金一百二十元的支票，作爲我開會的費用，我因已奉到總社指示，要我向總社報銷開會的費用，自不能再接受魏先生的款項，所以當將支票寄給沈總編輯，請代爲歸還魏先生，並代致謝意。

收到總社來函之後，立即開始作三件事：㈠和斯大新聞教育中心聯絡，告以我將代表臺北記者公會參加他們的研討會，請早寄議程，並代訂旅館；㈡設法打聽有那些國家參加。就我所知，凡是在法國舉行的國際會議，東歐都有很多國家來參加，而凡是有他們在場，總不免要牽涉到政治問題，目前此地的政治氣氛對我們很不利，我應有所準備；㈢我對經濟和經濟新聞報導，都是外行；必須先找一點資料。

將聯絡的信件寄出後，便立即向與我國仍有邦交的大使館打聽，問問他們有無代表參加斯大新聞教育中心的研討會，結果從日本、韓國、菲律賓等使館所得的答覆，都是不知此事。最後問到美國大使館，他們也不知道，因爲美國大使館的發言人金氏(Nicholm King)和我較熟；所以他的助理和祕書小姐們，都很熱心的替我到處打聽；有人打電話，有人查卷，忙了一陣子，最後總算查明了兩件事：㈠美國記者公會的代表是休斯頓（Huston）大學的教授恩德伍（Professor R. Underwood），此人是美國派往西班牙的一位交換教授，將自西班牙前往斯塔斯堡開會；㈡這一次研討會與聯合國的教科文組織（UNESCO）有關。

得到這點線索之後，我立即到聯教組織的大眾傳播處去打聽，該處有一專家，將應邀去研討會作專題演講，我訪問他的結果，只得到一點有關議程的資料，至於有那些國家參加，他也不知道。奔走一番之後，仍然只是知道有一個美國的教授參加而已。

一方面打聽參加研討會的國家，同時還忙著找資料；我們辦事處只有幾本舊年鑑，除此之外，別無其他資料。再向我國駐聯教組織代表團和新聞局辦事處探詢，情況和我們一樣，新聞局辦事處多了一本有關國內報紙和廣播的小册子，這種小册子還是六、七年前印的，我在一九五八年和一九五九年兩次去美國時，都曾用過這本小册子，想不到現在還要用它，但總是聊勝於無。

三月十六日，接到斯大新聞教育中心的回信，歡迎我去參加研討會，並寄了一份議程給我，信中並說明：㈠研討會中英法文並用，有人擔任翻譯，這一點令我最感快慰，因爲我的法文仍在進修階段，不能參加討論或辯論。㈡各國記者公會都應該中心之請，就該中心所提的問題，提出一篇報告，現在這些報告已經收集、翻譯（英譯法或法譯英），和印刷就緒，大會開幕之日，就可分發。我當時的猜想是臺北的記者公會既然要派人去開會，一定是重視這個會議，也一定會提出報告，我可以從這個報告中，得到國內的最新資料。

研討會預定三月二十二日開始，我本想二十日就去斯城，看看能否預先做一點聯繫工作，但旅法僑胞定在那一天公祭副總統陳辭修先生，我必須留在巴黎參加，只好延到二十一日起程。從巴黎到斯塔斯堡要坐五個小時的火車，我在下午到達；因爲是星期日，無法找到任何人，但從旅館經理口中，我知道有俄國以及好幾個東歐共黨國家的代表，也住在同一旅館。

我回到房間之後，想到第二天就要開會，根據過去經驗，如果有政治性的衝突，可能就會在第一天發生，我不能不有所準備，乃用英文寫了兩個聲明備用。我雖有準備，並無用處；第一是北京並未派人參加；第二是蘇俄和東歐國家代表雖和英國代表發生爭執，但並未主動的攻擊任何人，大體說來，整個會議的氣氛，還算相當和平。

這次研討會共歷時六天。研討會是斯大新聞教育中心在聯教組織（亦稱教科文組織）協助下所主辦，新聞教育中心雖然名爲中心，實際上相當於我們大學內的新聞研究所，因爲它經常開班授課，並頒發學位；這個中心在聯教組織的協助下，經常舉辦各種研討會，這一次的研討會已是第九次了。

研討會的主題是經濟新聞報導，其中分爲兩大部分：一是如何使經濟新聞通俗化，以便引起讀者們的興趣；二是如何培養經濟新聞記者。因爲與會的代表是來自三種不同形態的國家——自由國家、共產國家和落後地區國家——所以根本無法獲得大家都能接受的結論，這次研討會只能算是交換意見而已。

參與這次研討會的代表共有六十七人，來自三十多個不同的國家，以地區而論，西歐、東歐、北美、南美、非洲、中東及亞洲都有人與會，不過來自亞洲大陸的只有我一個人。

在我到會第一天所收到的文件中，有各國記者公會所提出的報告，但就是沒有臺北記者公會的報告，我去祕書處查問，一位專管檔案的祕書小姐告訴我，他們曾去信請臺北記者公會提出報告，但卻一直未能得到答覆，我問她是否可以補提，她說現正忙於開會，無法再接受這一類文件。

我仔細研究了一下開會的議程，發現每天大部分的時間，都是用來聽取專題報告。作專題報告的都是事前預約的，每一個題目都有三種不同國家的代表來報告；他們分別代表資本主義國家、共產主義國家和未開發的國家。不過每天上下午都各保留一個小時的時間，作討論之用。我曾一度想到在討論時找機會介紹一下自由中國的報紙和廣播事業的現況，後來決定作罷；因爲未被邀請報告的其他國家代表，也都曾利用討論的時間，大談其本國新聞事業，聽眾的反應非常不佳，英國的代表並站起來指責這完全是自我宣傳，與議題不符；到了第二天，主席提醒各代表，各國的新聞事業概況，會前已各自提有書面報告，現在請針對議題發言。到了第三天，凡是與議題不符的談話，都被主席立即制止。

在前三天，不但共黨國家和落後地區國家代表所作的專題，都完全是自我宣傳，文不對題，浪費了大家的時間，就是每天討論的時間，也幾乎全被共黨國家代表佔去作宣傳了。由於路透社一位記者的一再指責，以及主席的一再制止，到了第四天討論如何培養經濟記者時，會議才漸進入正軌。

第四天的上午，當第一次專題報告後休息時，主席賴奧德教授忽來找我，要我就中國現在的情形，報告一下新聞系的畢業生或是經濟系的畢業生，何者最適宜擔任經濟記者。我既來參加討論，自不便推辭，但心中卻很著急；因為我自己也不知道這個問題的答案，休息完畢，大家進入會場，剛剛坐定，主席就宣佈說：

Now I give the floor to my colleague from China.

這時我也只有硬著頭皮起來講話了。我說：我們的經濟記者中，新聞系畢業生和經濟系畢業生都有，兩者都有很好的表現。一個經濟系畢業生進入報館之後，可以受到很實用的新聞訓練；同時，新聞系畢業生在大學裏已經得到了基本的經濟常識，因為經濟學也是新聞系裏必修的課程之一。他如採訪經濟新聞，更可從工作中得到新的經濟知識。因此，我們的經驗是新聞系和經濟系的畢業生，都可做一個勝任的經濟記者。不過一個經濟記者的成功，除了新聞和經濟的知識之外，還要對自己的工作有熱誠，並且要不斷的進修，我這幾句不著邊際的談話，居然得到巴黎《每日經濟新聞報》社長沙凱先生（M. Henri Saquet）的贊同。他說：他的報館的記者有各種不同的學歷；最主要的還是看個人，他在熱誠與努力進修之外，另加上一個條件，那就是作記者也要有作記者的天賦。

沙凱在法國新聞界相當活躍，他當時是國際總編輯會議的祕書長（後來升任會長），和我國的陳雄飛大使頗有私交。一九六四年國際總編輯會議在瑞士開年會，他向陳大使表示，希望我國派人與會，並說具有駐海外的特派員的身分的人也可與會（法國駐外特派員地位崇高），所以那一年我就和龔選舞及陶宗玉兩兄到瑞士參加了那次大會；歷時達十天之久，所以和沙凱先生認識。在會場中除了主席之外，他就只認識我，法國記者與會的雖然不少，但都是來自省區報紙，而他是來自巴黎，我成了他的唯一的熟人了，所以開會時，我們坐在一起，休息時也在一起喝咖啡談天，他是一個大忙人，只開了兩天會就趕回巴黎去了，臨行時對我說，國際總編輯會議明年在南歐舉行，希望我去參加，一九六六年我果然接到他的邀請，可是這時我已由巴黎調到倫敦，當時西歐各地中央社的報導都先集中倫敦，再轉臺北，所以工作繁忙異常，無法接受邀請，直到一九七五年，國際總編輯會議在丹麥開會時，我才又去開了一次會，這時沙凱先生已升任會長了。

斯大新聞教育中心的研討會是每天上午九時開始，中午十二時休息，下午二時半開始，六時半或七時才散會，十二時到二時半，大家到一家特約餐廳，購買餐券，集體用餐。大會主席說明，請大家集體用餐的目的，是要大家利用午餐的時間，作社交活動。實際上會場靠近郊區，除了這一家餐館之外，也別無地方可以用膳，會場距旅館也不近，每天上午七時起床，匆匆吃完早餐；即時趕赴會場，總要晚上八時左右才能回來，爲了參加這個會議，每天要花十小時以上的時間。兩天過去之後，與會人士莫不叫苦連天，第三天起就開始有人缺席，以後缺席者越來越多，共黨國家的代表後來是輪流出席，其他有些代表則是每天只來一次，或是上午，或是下午，堅持到底的是三個英國人、兩個德國人，以及十多個法國人，他們不但未缺席，且從未遲到或早退。我是大會中惟一的黃種人，無論是缺席或遲到，都易爲人發現，容易給人不良印象，所以不但不缺席，也從不遲到，也許是爲了這個原因；大會主席對我極爲友善，每到休息時，總要走過來和我講幾句話。因爲二十七日下午要趕回巴黎參加青年節慶祝會，所以研討會的最後一次會未能參加，離開之前，曾向主席說明。

參加研討會的人，每個人都佩有一個名牌，姓名之外，並註明國籍，我的名牌上的國籍只用China一個字，在歐洲，尤其是在法國，凡是提到China的，都認爲是指中國大陸，我佩上這個名牌的第一天，就有不少人誤認我是來自中國大陸，結果弄出許多誤會，甚至笑話。記得開會的第一天，大家正在休息室喝咖啡，忽然有一位東歐某國的部長級的人士到來，他大概是要做一點公共關係，所以特別到休息室和開會的代表們打招呼，他一見到我，立刻過來和我握手，並說他剛從北京訪問回來，他話未講完，就有東歐的代表大喊：「他是臺北來的，不是北京來的。」他一聽之後，不禁倉惶失措，立即快步退出休息室，引起哄堂大笑。第二天塔斯社總編輯應邀到會作專題演講，他講到某處時，忽然擡頭對我看了一看，然後說道：「我想我的中國同事是同意我這個意見的。」當時大多數人都作微笑狀，但也有一、二人笑出了聲，他當時也許不解何故，事後一定會有人告訴他弄錯了對象。

研討會開始時，東歐共黨國家的代表都不和我打招呼，只有南斯拉夫的代表例外，他是柏爾格來德市某報總編輯，我們住同一旅館，第一天就同乘一計程車去會場，他問我一些自由中國的現況，他說在二次大戰期間，他從報紙上獲悉蔣夫人曾在美國參眾兩院聯席會議上演講，那是一件很了不起的大事，他又問我中國現在是否仍然重視孝道，我說孝道是中國的傳統，我們當然重視，他說他們也很重視這一點，我說共產黨人不是反對孝道麼？他說南斯拉夫的共產黨和其他國家的共產黨不一樣。這位先生講話相當率直，以後我們就常常利用休息時在一起談天，他是我到斯城後認識的第一個朋友，他告訴我東歐代表都是新聞界高階層的人物。

其他東歐國家的代表，在最初兩天，都不理我，但兩天之後，大家漸熟，不但每天早晨見面時，點頭致意；會後休息時也會偶爾過來打一個招呼，在二十六日晚，學校爲我們舉行的餞別酒會中，捷克和波蘭的代表竟和我大談法國的葡萄酒和德國女郎。

在斯特拉斯堡住了一週，一方面因忙於開會，另一方面因正值雨季，所以未能遊覽。斯城是法國東部的大城，凡是讀過法國文豪都德（Alphonse Daudet）所著〈最後一課〉的人，一定會記得阿爾薩斯（Alsace）和洛林（Lorraine）兩省的名字，斯塔斯堡就是阿爾薩斯的省會，濱萊因河上游，和德國隔水相望，因爲阿洛兩省曾受法德兩國交互統治，所以斯城的法國情調之中，含有德國氣氛，居民都能講法德兩種語言，當地產啤酒，爲法國的名產之一。巴黎到處都是咖啡館，而斯城卻到處都是啤酒館，我不認識德文，有好幾次誤將啤酒館當作餐館。

歐洲議會（Council of Europe）就設在斯城，歐洲議會是西歐各國議員所組成，大家希望若有一天歐洲聯邦的理想能够實現，聯邦的首都就設在斯城，現在的歐洲議會，就變成歐洲聯邦的議會。

二十四日下午，美國代表恩德伍教授約我出遊，在前兩天會後休息時的閑談中，恩德伍教授告訴我，他出身美國米蘇里新聞學院，並問我是否認識王洪鈞兄，他說他在米蘇里學院和洪鈞兄同學，彼此很熟，我說我和洪鈞兄不但認識，戰時我們還在同一大學讀書，不過他讀新聞，我學外交，我們同學而不同系。因爲有了一個共同的朋友，所以恩德伍教授也就常來找我談天。

二十四日我們出遊的目的是去參觀歐洲議會，我們到達時，正值開會，無法入內，我乃向新聞處交涉，恩德伍以教授身分，領得一張臨時的許可證，我因持有法國政府所發的記者證，新聞處立即替我辦了一張歐洲議會的記者證，並替我預備了一個專用信箱，我告訴他們我是常駐巴黎的。一位祕書小姐說，巴黎距此地不遠，你可以常來，歐洲議會重要，你也應該常來，說罷就在信箱上貼上了我的名字，而且未等我出門；就放進了一包資料，我寫此稿時，離開斯城已經兩天，那個信箱大概已經裝滿了新聞稿了。

一九六五年四月

回憶戴高樂的記者招待會

一九六三年秋，我抵巴黎不久，就有朋友告訴我，法國總統戴高樂每年舉行兩次記者招待會；收到請柬，一定要去參加，不可掉以輕心，否則以後不會再收到請柬；而且連每次有效一年的記者證，恐都會有問題。我說我奉派來巴黎採訪，如果連法國總統的記者招待會都不參加，又來此何爲呢？朋友說法國政府的官員也是這樣說，你有此想法就沒有問題了。

戴高樂的記者招待會，一在二月下旬，一在七月下旬，外籍記者只要在主管機構登記合格，並領有記者證，都會收到請柬，我是在第二年初收到請柬，請柬分兩頁；一頁是說明法國總統的記者招待會，另一頁則是記者的姓名和他所代表的新聞機構等等。記者招待會在總統府愛麗絲宮的外交大廳內舉行，參加的法國和其他國家的記者，總數超過一千人，規模之大，頗不多見。法國的內閣總理和各部部長也都全部列席，可見戴高樂對之重視的程度。

記者進入總統府後，有關官員即過來逐一檢查記者們的記者證和請柬，並將請柬副頁撕下，以便轉交主管部門，證明被邀的記者已來招待會，以後可以續發請柬。

戴高樂的記者招待會，與一般的記者招待會不同；他不是隨問隨答，而是請記者先將問題逐一提出，然後再由他來綜合答覆，因爲是綜合答覆，主動在他，他可以視其輕重，作或長或短的答覆，有的一語帶過，也有的根本予以忽略，等到答覆完畢，時間已到，招待會結束；記者也就無法再繼續追問了。

戴高樂在舉行記者招待會之前，總是要先回到他在鄉下的私邸，住上數日，詳細研究當時國內外的大勢，再找出幾個重大的問題，也是各方都關心的問題，然後他自己再思考對這些問題的答案。問題的選擇和答案的草擬，都是由戴高樂自己動手，他雖是一個軍人，但文學修養甚佳，所以由他自己草擬的答案，都是措辭典雅，文章瑰麗，而且讀起來鏗鏘有聲，很受人讚美。

據說，戴高樂對自己擬的稿子，十分重視，初稿完成之後，還要一修再修，定稿之後，自己再加以背誦。據說，他的記憶力極佳，能背誦兩三萬字的長文，既能背誦，所以到記者招待會開始後，他就可侃侃而談，不必再加思考了。難得的是他所準備的問題，與記者們想問的問題，不是相同，就是非常接近，有人說由此可見戴高樂對當時國內外情勢的了解，以及他的才智的高人一等。但也有人說發問的記者都是事前安排的，照着他的意思發問，孰是孰非，就不得而知了。

此外，在他準備的問題中，總有一個或兩個，是當時最受注意，或是最易引起爭議的問題，一經他公開評論，便很容易引起全世界的注意，這樣一來也就在無形中提升了他自己和法國在國際上的地位，這也是很高明的一種宣傳手法。

招待會都是在下午三時開始，十分準時，在時間將到時，一位總統府的官員大聲宣布：「各位女士，先生，總統先生駕到，」他的話剛完，一位身材高大的老人，就從幕後走出，在場的記者一致起立鼓掌，他頻頻揮手致意，並請大家坐下，有時還會先講幾句幽默的話，讓大家輕鬆一下，然後再請記者發問；等他覺得問題已經足够了時，即不再接受詢問，並開始答覆。他的答覆實際上是等於一篇講演，他對於時間把握得極準，講話完畢，時間已到，記者招待會也就告結束。

戴高樂實在是二十世紀中，法國的一個很傑出的人物，他雖然是一個職業軍人，但極具政治才能，他在政治上的成就，遠超過他在軍事上的成就。

他受到許多人的批評和攻擊，這也是傑出人才所難避免的，所謂譽之所在，謗亦隨之，古今中外，莫不皆然，何況天下完人甚少，傑出人才也並非完美無缺，傑出人才有時也難免犯錯。戴高樂為人相當傲慢，國家民族的意識極強；他常常為了法蘭西的尊嚴與光榮，不惜與戰時盟友的英國和美國衝突和對抗。法國軍隊退出北大西洋公約組織，就是對美國不滿意的一種心理上的反應。

筆者於一九六三年抵法時，發現美國人是最受法國人批評和輕視的外國人。兩國本是戰時盟友，但當時兩國民間似乎是敵意多於友誼，其間原因十分複雜，雙方都有責任，但戴高樂個人藐視美國人的心理，對於法國社會上一般大眾是有相當影響。

參加國際筆會的海牙會議

——一九七六年五月九日至十四日

去年（一九七五）十一月，姚朋兄與女詩人張蘭熙女士自奧國來倫敦，他們曾在維也納參加國際筆會大會，來英的目的是拜訪國際筆會在倫敦的總部，並接觸一些英國的作家，作聯誼活動。當他們在英時，就曾對我表示，國際筆會於今年五月在海牙舉行執行委員會時，希望我能代表臺北筆會去參加。過去這一類的會議，都是由張蘭熙參加，但今年她將有事去美國，國內其他的人都因太忙而無暇分身，所以想在國外找一人作代表。我和姚朋是多年舊友，自不便推辭，我說我可以效勞，但此事必先徵得中央社當局的同意。

四月初先是接到姚朋來信，說明臺北筆會決定要我代表去開會，他們也徵得中央社魏社長的同意，所以特寫信先通知我。四月十日收到總社社內刊物業務通訊，內有指示要我五月九日去海牙採訪筆會開會的活動。我得到指示後，即於十二日（星期一）到英外交部的護照處辦理再入境簽證，以前申請再入境簽證只要一週時間，有時五天內也可拿到，但現在則非十日莫辦了。

在辦再入境簽證的手續時，我再寫信給姚朋，詢問他究竟是要我去開會，或是要我去採訪。就國內而言，以採訪的名義去開會，或是以開會的名義去採訪，都是一樣的，但是在國外的情形不同。在目前的情況下，以開會的名義去申請荷蘭入境簽證，也許比較容易，後接姚朋來信，他們是要我去開會。

四月二十二日拿到英國再入境的簽證，即去荷蘭大使館申請入境簽證，館方經辦人員說，要等數週才能有回音，但這時離開會時間只有兩週了，我不能久等。幸有一美國同業，介紹與荷蘭大使館的新聞參事認識，並請其協助；這位參事極爲友善，經他發電到荷蘭外交部說明情況後，我就很快的拿到了簽證。

五月九日中午由倫敦起飛，約一小時即到達阿姆斯特丹，再乘汽車去海牙（海牙無機場），在預訂的旅館登記之後，即去會場辦理報到手續，隨即參加會議前的一些非正式活動，諸如酒會及電影會等。筆會執委會的會議於十日上午開始，十四日晚結束，最後一個節目是荷蘭文化部部長的酒會。我於十五日下午一時飛返倫敦，由倫敦到阿姆斯特丹的飛行時間不過一小時，但由機場往返以及在機場辦理各種手續和候機的時間，卻數倍於此。

國際筆會每年都舉行兩次會議，一是大會，一是執行委員會，輪流在不同的地區舉行，由當地的筆會分會負責籌備和接待工作。這一次在海牙舉行的是筆會的執行委員會的年會，本年度的大會將於八月二十三日至八月二十九日在倫敦舉行。但過去數年中，臺北筆會對上述兩種會議，都經常派人參加，參加大會的人數較多，參加委員會會議的人數較少，大都是由張蘭熙女士一人代表參加。

這一次和筆會執行委員會同時在海牙舉行的，還有所謂圓桌討論會，前者在上午開會，討論筆會的重要會務，只有各地分會的正式代表才能參加，後者在下午和晚間舉行，不論是正式或非正式的代表，或是觀察員等，都可參加，圓桌討論會的主題是：Changing World, Changing Pen? 是荷蘭筆會所擬定的。

執行委員會的會議在進行之初，頗爲平穩，例如向不久前逝世的副會長林語堂先生及祕書長費德曼先生致哀，選舉荷蘭的老作家班杜納（A. Ben Doolaard）爲副會長，選舉瑞典代表魏斯柏（Por Wassburg）爲大會臨時主席（會長布里奇 Sir Vielas Prichett 因事不克與會），接受國際筆會在維也納舉行四十屆大會的紀錄報告、財務報告，與聯教組織合作情況的報告，出版書籍的報告，緊急救濟經費的報告等，都很順利的過去了，等到討論在獄作家問題時，氣氛突然失去平靜，筆會曾經組織了一個委員會，專門處理這個問題，委員會的主席就是剛當選大會臨時主席的魏斯柏；他以委員會主席的身分，作了一個相當長的報告，他提到韓國、西班牙、伊朗、印尼、南非、加納、智利、巴西、阿根廷、新加坡、蘇俄等國都有作家在獄，他說他提到的國家僅是幾個例子而已，實際上有作家在獄的並不止這些國家。

魏斯柏當然知道這是一個極具爆炸性的問題，所以報告完畢之後，立即強調說，他主持的委員會仍將繼續進行調查和交涉，並盼對此事關心的人與他的委員會保持接觸。他講完了後，雖也有人發言，但因時間不多，而且主要的對象是智利，但會議尚未進入討論智利問題的階段，所以委員會第一天的會議就此結束。

下午是所謂圓桌討論會的第一次會議，主講人是一位智利青年作家，名單上說是智利筆會代表，後來才發現他是一個流亡的親共作家，他自己最後也說他不是智利筆會的代表，但他不願承認是流亡作家。他的報告很長，對於當時的智利政府，多方加以攻擊，他的報告完畢之後，其他的發言人也都是支持他的立場的。這一天下午的討論會，似乎在為第二天討論智利問題會議製造一種氣氛。

第二天上午當智利問題交付討論時，會場上成了一面倒的趨勢，發言者全是攻擊智利政府和智利筆會的；智利筆會雖也派了一個代表到會答辯，但此人也是初次參加筆會，既不認識其他國家代表，對筆會的情形也一無所知，他只能講法語，而大會中講法語的人並不多，他無法和人交談，只有翻閱文件，神情緊張。

在美國筆會領銜所提停止智利會籍的建議交付表決之前，他曾應邀發言答辯各種指責，他宣讀了一個很長的法文聲明，但讀得太快，大會譯員無法作有系統的翻譯，除了聽懂法語的人之外，沒有人知道他在說什麼，他一講完，美國代表即要求馬上表決，大會祕書長才點名表決，那一天出席國際筆會的代表共二十六人，表決的結果是二十一票贊成，四票棄權，一票反對，反對票是智利筆會代表所投，棄權者是澳大利、比利時、中華民國三國的筆會，另一棄權者是愛沙尼亞流亡作家筆會。

智利問題是這一次筆會會議的高潮，高潮過後，會場氣氛漸復正常，但到了討論明年春季在漢堡舉行筆會執行委員會的年會時，又發生了爭辯。因為漢堡會議將由流亡作家筆會來辦，共黨國家的筆會表示反對，並聲言將拒絕出席，先是會中爭辯甚久，後來又作會外協商，但一直未能獲致協議，最後協定由國際筆會的祕書長繼續與有關筆會協商，到八月下旬國際筆會在倫敦舉行大會時，再作決定。

以上所記僅是筆會執行委員會開會時的主要部分，會議都是在上午舉行，下午和晚間則開圓桌討論會，一切都是地主國安排；除了第一天聽了那個智利青年的報告之外，另外還聽了四個主要的報告；兩個是東德的作家所提，他們都是東德的共產黨員，口口聲聲勸別人不要在筆會談政治問題，但他們的一言一行莫不充滿了政治氣味。另兩個報告，一是剛當選副會長的荷蘭老作家班杜納，他持論比較平穩，另一個報告是一芬蘭作家所提，此人年歲不大，態度十分激烈。

久聞荷蘭筆會中青年會員頗多，態度頗為偏左，從這次圓桌討論會的安排而言，傳言似乎不虛，在最後一次座談中，荷蘭筆會又臨時邀請了一位南非的黑人作家來演講，對南非政府和南非筆會，都大肆攻擊。他要求國際筆會停止南非筆會的會籍；荷蘭筆會邀請很多人來聽他演講，並鼓掌叫好，表示支持，但這時筆會執行委員會的會議已經結束，討論會上只能討論，不能作任何決議，此事最後也就只好不了了之。

國際筆會是一個國際性的民間團體，因其會員中有不少國際知名的作家，所以在國際上聲望甚高，對於國際文化界在精神上有相當的影響。我們國內的作家們，能有機會參加這個國際性組織的活動，並在國內成立中國筆會，實在是一件很有意義的事；以目前的國際情況而言，也是一項很重要的活動。筆者是首次參加國際筆會活動，我發現我們與國際筆會職員(包括祕書長在內)間的關係良好，與許多其他國家代表間的關係也非常良好，這都是以往參加國際筆會會議的諸位代表努力的結果，就筆者所知，以往參加過國際筆會的中國代表有羅家倫、陳源、林語堂、馬星野、陳紀瀅諸位先生；後來又有陳裕清、王藍、姚朋諸先生。

近年來張蘭熙女士，常常單槍匹馬的到處參加筆會執行委員會的會議，貢獻尤多。這次筆者去海牙開會，很多人都來問我，爲什麼蘭熙（Nancy）沒有來，本年八月她會去倫敦參加筆會的大會麼？由此可見她在外國作家間的人緣之好。

就目前而論，我們在國際筆會中的地位，還算相當穩定，但也不可掉以輕心，一方面我們要積極參與國際筆會的各種活動；另一方面要努力和其他國家的筆會代表建立友好的關係。

這是我首次參加國際筆會活動，當年八月我又參加了在倫敦舉行的國際筆會的大會，那一次國內來的人甚多。以後筆會在倫敦舉行委員會的會議時，大多由我代表臺北筆會參加。一九八四年五月，我還參加臺北的代表團，出席在日本東京舉行的國際筆會大會。我參加國際性會議次數最多的就是國際筆會的會議。

哥本哈根之旅

——一九七五年五月六日至十日

一九七五年的四月中旬，得到中央通訊社臺北總社的指示；要我去參加五月六日起在丹麥首都哥本哈根舉行的國際總編輯協會的年會。收到通知時，距開會時間尚有二十天，在正常情況下，是有足夠的時間來辦理一切旅行的手續。但是當時我國與丹麥無邦交，申請入境簽證頗不容易，而且十分費時；再者臺北轉來的只是一份前往開會的申請書，而非邀請書，同時也沒有授權我去開會的證件，因此在申請簽證之前，必須先和設在巴黎的國際總編輯協會取得聯繫，經他們同意後，發出請柬，我才能去申請丹麥的入境簽證，但是這樣一來，時間上是否來得及就很有問題了。既然奉到總社的指示，只有立即行動，盡力一試。我先去英國外交部護照處辦理我的再入境簽證，這也是向其他國家申請簽證時，必須先辦的一個手續；然後再打電話到巴黎，轉託老友陶宗玉兄替我作初步的接洽。一九六四年夏初國際總編輯協會在瑞士的洛桑開年會時，筆者就曾和宗玉兄及《中央日報》的龔選舞兄同去參加，我們都認識協會的現任會長沙凱（Henri Saquet）。宗玉兄一去接洽，沙凱先生馬上表示歡迎，並通知籌備處代訂旅館，宗玉兄又和籌備處聯絡，代繳了預訂旅館的費用，並向他們索取了一張出席開會的證明；這時我已拿到英國再入境的簽證，諸事辦妥已費了一週以上的時間，距離開會的日期只有十天左右了。

四月二十五日，星期五，我到倫敦的丹麥領事館申請簽證。用我的護照申請簽證；平時至少要等兩週才能得到答覆，因爲倫敦的丹麥領事館在決定是否發給簽證之前，須先將我的申請表格郵寄到哥本哈根的外交部去請示，所以相當費時。我在丹麥領事館的詢問處塡妥了各種表格之後，即被領到一個大客廳中等候；約二十分鐘後，一位中年女士進來和我談話，她說她了解我是要在五月六日以前到達哥本哈根，以便參加開會，如用信件向丹麥外交部請示，時間上已來不及了，因此她決定發一個電報回去，請我下週四去聽回音，不過她告訴我她相信簽證是沒有問題的，因爲要經過一些例行手續，所以要稍候數日；她的態度甚爲友善，英語非常流利，而且英國的口音極重。我初想她是領館內的英籍祕書；但聽她口氣又像是一主管；後來到詢問處一問，才知她就是丹麥駐倫敦的領事。

過了一週，我再去看這位領事，她很抱歉的說尚無回音，不過她將再發一個電報去催問，接著就指示一女祕書向哥本哈根發一電報；並約我次日下午再去領館。到了第二天下午我再去時，丹麥外交部仍無回音，這位女領事似乎也有一點急了，她囑我在客廳等候；自己去打長途電話，過了約二十分鐘，她出來告訴我，電話已經打通了，簽證也辦好了，她並立即將已辦好的簽證交給我。照一般情形，不但簽證要付費；兩次電報和一次電話費用，也應該由我來負擔，事實上我也樂意來付，因爲她肯這樣認眞的替我辦簽證，我已經是很感激了，但當我問她我應付多少費用時，她說不要付任何費用，並祝我丹麥之行愉快。

我國和丹麥之間沒有外交關係；在申請簽證之前，我原預料會有許多困難，想不到竟得到有時候從本國領事館也得不到的協助和禮遇。當然，那位女領事可能是爲了我去參加國際總編輯會議的緣故，才給予這種方便，儘管如此，我對那位領事辦事的態度，仍是十分欽佩。如果她要留難我，對於她的國家並無任何好處；她給我以協助，則替她的國家作了一次很好的國民外交。我在去丹麥之前，已因辦簽證的經驗，而對這個國家有了一個良好的印象，現在國內有識之士，都在大聲疾呼發揚國民外交，以我們今天在國際上的處境而言，這一點實在很重要。我們派駐海外的外交、領事、商務、文化和新聞官員，都有作國民外交的最佳機會，但不知能有幾人，會像丹麥駐倫敦領事那樣，以協助他人的方法，來爲國家爭取友人。

五月六日上午十一時，由倫敦乘SAS的班機起飛，約一個半小時即到哥本哈根，沿途天氣良好，飛行平穩，十分舒適。我起程時，五月的英倫寒意仍然很重，哥本哈根在緯度上更偏北，我想那裏的氣溫可能更低，所以還帶了一件夾大衣，準備作禦寒之用；但下機之後，發覺氣候溫和，空氣乾爽，比倫敦潮濕陰寒的氣候大不相同。在我留居丹麥的以後數天中，每日都是麗日高懸，碧空如洗，不冷不熱，很像倫敦七八月間的天氣，舒適宜人，出外旅行，遇上這種好天氣，眞是幸運。因爲天氣好，當地治安也好，同時又是正值晝長夜短的季節，所以每天上午八時會議開始之前，到晚間十時社交應酬結束之後，我都有很多時間，拿著一張地圖，步行各處遊覽觀光。

下機後入境檢查的手續，也比我想像中的要簡單，我只比別的旅客多塡了一張表，表上只有姓名、國籍、出生年月日、護照號碼及所住旅館名稱等五項，塡寫容易，只費了兩三分鐘的時間，但因別的旅客不需要塡這份表，所以我還是最後一個入境，當我將表格送給機場的那位官員時，曾順便向他詢問機場距市區的遠近，以及用何種交通工具進城最好，這位官員就很熱心的向我解釋如何進入市區；他勸我不要在機場坐計程車，因爲距離頗遠，車資可觀，他說航空公司有專車進城，車資便宜，進入市區之後再換乘計程車，就會經濟得多；最後還提醒我，不要忘記在機場內的銀行換錢，以便付車資。解釋完畢，並和我握手道別，祝我旅行快樂。遇見一個和藹而又肯幫忙的領事，已是十分不易，想不到機場的官員也是如此友善，我自覺很幸運，同時也情不自禁的對丹麥產生了好感。現在從事國際宣傳最流行的方法，就是廣泛的使用大眾傳播媒介，這種方法當然有其效果，但就我個人對丹麥的經驗而言，如果我在事前只是看了一篇讚美或介紹丹麥的文章或圖片，則我對丹麥的感覺，就遠不如那兩位官員的態度所促成的那樣美好。

照著機場那位官員的指示，我很快的進入市區，並找到大會籌備處替我預訂的旅館。旅館方面接待殷勤，這已不令我感到驚異，因爲政府官員既然友善，商人當然不會無禮。在旅館辦妥了登記的手續之後，我就立即趕去開會，會場就設在丹麥議會內一個大議事廳內，大會揭幕式就是當天在那裏舉行。丹麥外長親自出席致詞，代表丹麥政府表示歡迎之意，並舉行盛大宴會，招待與會代表。會議的第一天全是聽演講，沒有報告或討論，會場距我住的旅館不遠，乘車不到十分鐘，所以很方便。

關於國際總編輯協會及這一次年會的情形，我另有報告，本文只略談在丹麥幾天內的一些瑣事。

在斯干底那維亞半島上，丹麥是最小的一個國家，丹麥的面積有四萬三千平方公里，比臺灣稍大一點，但人口只有四百多萬，約合臺灣人口的五分之一。首都哥本哈根的居民還不到一百萬。所以進入市區的第一印象，街頭行人不像紐約、巴黎或倫敦那樣擁擠不堪；車輛也較少，交通秩序井然，街道清潔整齊，行人過馬路，必先看紅綠燈；在我逗留的五天中，尚未看見有人闖紅燈，從這點小事看來，丹麥人似乎也有高度的守法精神。

在我去丹麥之前，就聽人說北歐的生活費用極高，到了哥本哈根之後，才有機會親身體會到令人吃驚的物價。第一天的晚上，參加了市長晚宴後回到旅館，忽然覺得口渴，便走出旅館，去找咖啡館，但附近的大小店舖都早已關門，乃信步而行；走到了火車站，進去一看，裏面仍然十分熱鬧，各種小店都在營業，我走進一小茶館；要了一小壺茶，吃完之後，接過賬單一看，茶價是丹幣七元半，約合美金一元五角，這是我生平所吃最貴的茶，如果是在倫敦的火車站吃茶，當時的茶資也許不到三分之一。車站小店的茶資竟如此之高，如果要去大餐廳用餐，費用必定更為驚人。不過在丹麥五天中，中餐和晚餐都有政府機關或大企業招待，自己根本沒有機會到餐館吃飯，我們只在旅館用早餐，我吃的是歐洲大陸式的早餐，一小壺茶和兩塊甜點，約合美金四元，英美式的早餐就需美金十元了；而在倫敦，十元美金當時可以吃一頓相當不錯的晚餐。丹麥的物價高，人民收入亦高，聽說一個小茶館的服務生，每月的工資就合美金千元以上，但要養家，還要向政府申請福利津貼；據說丹麥的社會福利辦得極好，但各種捐稅也高得驚人，有人在納稅之後，又去申請福利金。

到了哥本哈根之後，聽說當地治安良好，我就在早晨開會前和晚間開會後，步行到各處遊覽。在迷途問路之時，發現丹麥人會講英語的人極多，而且很多人都講得很流利；對外國人也很友善。我有過五六次問路的經驗，每次都得到友善的答覆。有一次例外，被問的人既聽不懂英語，也聽不懂法語，但他的態度十分友好，最後還是由他找到一個會講英語的人，來對我指導了一番，就這一點而言，丹麥人好像老一輩的英國人；因爲英國人對於外國人問路，總是十分耐心的指點。

雖然我早晚都到處奔走，但也只是看看街景而已，因爲當我早晨出門時，所有商場和博物館或畫廊這一類的地方都尚未開門，等到晚間諸事完畢，我可以出門時，要看的地方又都關門了。只有一個叫 Tivoli 的公園，一直開到午夜才關門，這個公園實際上是一個遊樂場，有一點像洛杉磯的狄斯奈樂園，當然規模小得多，日夜營業，直到午夜才關門。入夜燈火通明，遊客眾多，男女老幼都有，似乎是丹麥首都內一個很重要的休閑所在。我到達的第二天晚上，名畫家藍蔭鼎先生的公子就領我到那裏觀光，並在一小茶室內談天，聽他談談丹麥的情形。對於像我這樣的一個中年人而言，那裏的各種遊玩設備，對我已無任何吸引力了；但是在樹叢內小徑上散步，或是在河邊小茶室內飲茶，倒是很有一點詩情畫意。所以第三天晚上，當阿姆斯特丹的《颶風日報》總編輯梅業約我同往遊玩時，我也就欣然應諾；事前原講好是去吃丹麥啤酒的，但在吃完啤酒後，此公突然遊興大發，要去嘗試各種遊樂設備，此公年歲不比我小，但童心尤在，我也只好捨命陪君子了。玩到午夜才回旅館，兩人都累得筋疲力盡，回到房間，連澡也未洗，就上床大睡。

丹麥是一農業國家，但也有幾項產品在國際上很著名，第一是啤酒；很多年前我在美國讀書時，同班有一丹麥同學，曾對我說丹麥啤酒是世界上首屈一指的，我不太喜歡啤酒，所以當時未加注意，後來到巴黎和倫敦兩地工作，發現丹麥啤酒確實爲很多飲者所愛好，這一次來到哥本哈根，爲了入境從俗，而且又無其他更好的飲料，所以也就只好大喝啤酒，一杯啤酒只合丹幣六元，比茶還要便宜，各方宴會中的飲料全是啤酒，只有法國大使館請客時，飲料是法國產的紅白兩種葡萄酒。喝啤酒最多的一次是在啤酒廠作客，我們應邀去吃午飯，開始時每人面前都只有一杯啤酒，有的客人馬上抱怨酒廠太小氣，用這種小杯啤酒來待客，但話尚未說完，就看見一大批工人，搬來十幾大桶啤酒到我們用餐的大廳來；主人宣布說，各位儘量喝，不够時，我們還會再送酒來，總之要使各位喝到滿意爲止，客人大樂，鼓掌道謝。外國新聞同業中，不喝酒的人居極少數，絕大多數的人都是開懷暢飲，我那一天也發現丹麥啤酒確實甚好，喝了四大杯，後來覺得肚子脹得難受，就停止了，其他同業喝了幾杯之後，就去洗手間小便，然後回到餐桌再喝，喝了幾杯之後再去，於是洗手間與餐桌之間，人來人往不絕於途，途中相逢，都是相視大笑，快樂至極。那一天從中午十二時開始，直到下午三時以後才散，下午開會時，缺席者極多，勉強出席者，也都是半醉狀態，下午的會只好草草收場。那一天啤酒廠給每個人的印象都很深刻，有位同業對我說，酒廠的經理實在很聰明，他雖搬出十多大桶啤酒來，但實際上只開了少數幾桶，就已把大多數客人醉得東倒西歪，他以極小代價，對一百多家歐洲報紙的總編輯作了一次最有力的廣告宣傳。

除啤酒之外，丹麥的火腿也是很有名的，我在巴黎和倫敦兩地，都吃過丹麥火腿，當然都很好；但是在會議開始的那天晚上，參加哥本哈根市長的晚宴時，卻吃到了生平所吃過的最好的火腿；其他宴會中也都有火腿，但都沒有市長晚宴中的火腿好。我曾向一位同業提到此事，他也有同感，他並以開玩笑的口吻說，好的火腿可能不多，大概都被市長收購去了。我返英時，曾在機場買了兩磅最貴的火腿，回家嘗嘗，還是不如市長晚宴中的火腿好，我事後細思，火腿也許分各種不同的牌子，我未能買到我喜歡的那一種，否則，外銷的火腿應該是品質最好的。

除了啤酒和火腿之外，丹麥的奶油和乳酪也是大量出口的，無論參加何處的歡宴，無論是午宴或晚宴，啤酒、火腿、奶油或乳酪，都是大量供應，一方面表示主人待客的誠意；另一方面也有一點廣告作用。啤酒和火腿確實品質優良，至於奶油和乳酪，雖也屬上品，但因瑞士、法國和義大利也有極佳的同樣產品，丹麥要想壓倒他們，自非易事。

會議結束的次日，我們全體與會代表，應丹麥政府的邀請，去遊覽世界著名童話作家安徒生（Hans Christian Anderson）的故鄉俄丹斯（Odense），安徒生死後葬在首都哥本哈根，但俄丹斯港有一個紀念他的博物館。俄丹斯是芬島（Fyn Island）上的一個港口，我們去丹麥時正是安徒生去世的百年紀念，丹麥觀光局正在利用那個機會，大肆宣傳，吸引外國遊客；於是我們也就在這種情況下，被邀去俄丹斯觀光。

安徒生所寫童話舉世聞名，我小時就讀過他寫的「醜小鴨（The Ugly Duckling）」的故事。他的作品暢銷全世界，有各種文字譯本，據說他的作品印出來的次數之多，僅次於《聖經》。他的大名，在西方國家中，可說無人不知。他寫的故事雖然極美，但本人卻生得甚醜，瘦骨嶙峋，令人我見猶憐。

我們由哥本哈根乘輪船去芬島，參觀了俄丹斯港和安徒生紀念館，這兩地並無特別引人之處，如果不是受了安徒生的大名影響，恐怕很多人都不願意前往。

俄丹斯港雖無什麼值得參觀之處，但由哥本哈根去俄丹斯港的兩三個小時的海上旅行，卻是非常愉快而令人難忘的。那一天天氣奇佳，碧空如洗，萬里無雲，惠風和暢，水波不興，船行海上，如同在快速公路上開車，平穩舒適，毫無顛簸之感。我們在船上午餐，觀光局又送來幾大木桶啤酒，大家一面飲酒談天，一面觀賞美麗的海景，天氣又好，每個人都是笑容滿面，狀極愉快，就筆者個人而言，那也是在歐洲各地旅行中最值得回憶的一次。

參加國際總編輯會議

簡　介

國際總編輯協會（International Federation of Chief Editors）於一九三五年成立，迄今已有四十年歷史，每年舉行年會一次，大約均在春末夏初，輪流在世界著名的大城市舉行。總編輯協會在名義上雖是一個國際性組織，但實際上則是一個歐洲報人的團體，而又以法國的報人居主要地位。因此會中所用語言，及一切文件所用的文字，也均以法語和法文爲主，使用英文的機會甚少。

國際總編輯協會並無固定的會員，只有一個固定的理事會，由二十多人組成。理事會選出會長一人、副會長四人、祕書長一人。現任會長沙凱（Henri Saquet），是巴黎一家《經濟日報》的社長，其他理事、副會長及祕書長等，分別爲法國、比利時、盧森堡、瑞士及加拿大等國家的報社社長或總編輯，均屬於法語系統之報紙，至少就目前而論，理事會中並無美英兩國報人在內。每年年初，當理事會開會決定於何時何地舉行年會慶，即向他們認爲値得邀請的各地報紙發出請柬，請他們的總編輯與會。請柬上除了說明開會的時間及地址之外，並說明會中擬討論的問題，以及應繳納的費用，參加與否，當然悉聽自便。

據悉，理事會每年約要發出八百份請柬，邀請各國報紙的總編輯與會，但實際前來參加的人數，不到邀請的三分之一，因爲並無固定的會籍，所以每年與會的人也都不同。據一位經辦人說，參加開會的人數，與會中討論的問題頗有關係，因此每年與會的人數也不同，有時很多，有時很少；但最少時也都在百人以上。美英報紙的總編輯與會者，似乎不多，本年（一九七五）年會沒有美英報人參加。

國際總編輯協會每年舉行一次會議，有兩個目的：一是就世界各國新聞界一致感到關切的問題，提出公開討論；在每一個問題討論之前，都有一位預先約好的新聞界人士，就這個問題提出報告，使與會者即先對這個問題有一個概括的了解，然後經過辯論，作成決議，公開發表，希望利用集體的聲望，引起社會注意，並對有關方面施用壓力。第二個目的是聯誼；所以每屆年會之後，都有一個遊覽的節目，使與會人士能有一天到兩天的時間，共同遊覽一個當地的名勝地區，以增進彼此間的認識與了解；但遊覽的費用要自付，因爲是團體活動，比較便宜。與會人士是否願意參加遊覽，也悉聽自便，我曾兩次參加這個會議，但爲了節省開支及時間，故未參加遊覽節目。

一九七五年的年會

一九七五年的年會是在五月六日至十日在丹麥首都哥本哈根舉行，會場設在丹麥議會內的一個議事廳。協會的國際性雖然不強，但歐洲的代表性卻很強；因此，當它在每一個歐洲國家內舉行會議時，都很受地主國政府的重視。這一次在丹麥開會，於五月六日會議開幕的當天，丹麥外交部長，即代表丹麥政府舉行大規模午宴，表示歡迎；接著議會議長、哥本哈根市長、各工商團體、地方政府首長等，均紛紛出面招待。一九六四年協會在瑞士舉行年會時，我首次參加這項會議，當時瑞士政府招待的熱烈，不亞於丹麥，瑞士總統曾親身設宴款待與會人士。

參加本年年會的人士約一百四十人左右，其中法國人約佔有半數，而且大都來自地方性的報紙。其他與會者，分別來自比利時、盧森堡、荷蘭、義大利、德國、瑞士、丹麥、瑞典、芬蘭、西班牙、墨西哥、加拿大、愛爾蘭、以色列以及非洲的卡麥隆與剛果，美英均無人參加。筆者是唯一來自亞洲的新聞從業人員。與會者原本以總編輯爲限，但理事會後來又有一決議，即各國派駐歐洲各國首都的首席特派員也可與會，我是以後一身分奉命參加這項會議的。

本年年會是從五月六日中午開始，十日下午結束。會議曾以一部分時間聽取丹麥議會議長、外交部長、文化部長及哥本哈根市長的演講，每人的演講都不短，又要翻譯爲法語，所以費去不少時間。不過會議的大部分時間，仍是用來討論下列問題：

一、如何加強保護擔任危險任務的記者？大會在討論時指出：僅在一九七四年一年之中，就有一百二十五位新聞從業員，在三十二個國家內受到傷害、拘禁和驅逐，其中有五人喪身，另兩人失踪。同時，於一九七〇年在高棉失踪的新聞從業員二十三人，迄今仍是音訊杳然。

大會指出：總編輯協會遠在一九六七和一九六八兩次年會中就曾提出建議，加強保護擔任危險任務的新聞從業人員，並由法國政府在聯合國內提出；但由於各國政府及新聞界本身的漠不關心，這個建議案未能在聯合國內通過。現在法國、丹麥、奧地利、芬蘭、厄瓜多爾、伊朗、黎巴嫩、摩洛哥及土耳其，已聯名向聯合國提議，在本年的大會中，根據一九四九年所簽戰時保護平民的日內瓦公約，重行討論如何加強保護擔任危險任務的新聞從業人員。總編輯協會年會中決議：呼籲各國新聞同業各對其本國政府施用壓力，使之重視此一問題，以便在聯合國中通過一項可行的辦法。

二、保護新聞自由，抵抗國家的控制，同時並防止濫用新聞自由，妨害報人的尊嚴與榮譽。總編輯協會年會中與會的人士，大都來自自由世界的民主國家，在這些國家中，沒有政府公開的侵犯新聞自由。所以協會的年會中所討論的有兩點：一是反對少數人獨佔新聞事業；協會認爲報紙、雜誌、電臺和電視越多，越能表達各種不同的意見；也越能發揚民主精神和新聞自由。因此，反對減少大眾傳播媒介的數目，更反對由少數人壟斷大眾傳播工具。二是反對政府經營電視臺、廣播電臺或其他出版物，協會認爲政府操縱的大眾傳播媒介都無新聞可言，且對於新聞自由運動也是一種妨礙。以上兩種觀念，在西歐甚爲流行，英國亦復如此。大會同時決議呼籲各地同業尊重個人的隱私權；尤不可隨意侵犯私人的名譽和個人尊嚴。

三、新聞自由所受到的內部威脅。新聞自由所受威脅，以前經常是來自外部，但目前卻受到來自內部的威脅，主要是工會。以前是排印工人企圖阻止報紙、雜誌或電視廣播等報導任何不利於工會的消息或評論，這種事情已先後在英國和法國發生，引起各方注意和關懷，現在工會要求所有編、採人員，包括總編輯在內，必須是工會會員，而且要屬於同一工會，其結果有二：一是職員和工人可以透過工會表決的方式，指揮總編輯，最後所有報紙、雜誌、電視和廣播都變成工會的工具。二是非工會的會員，不能向報紙投稿，所有新聞和評論的撰寫，都要由屬於工會的編、採人員動手，而這些人都得聽命於工會。現在英國的工黨政府，已擬定一項法案，硬性規定所有報紙的人員，包括總編輯必須參加同一工會。此事引起各報總編輯極大反感，爭論甚久，迄未解決。西歐各國的新聞界對此均感關切，法國雖有一二出版物發生類此事件，但政府當局並未予以支持，不如英國的發展引人注意。總編輯協會對這種情勢的出現，十分注意，在這次年會的討論中，大家一致認爲總編輯對他所主編的新聞，負有法律責任，因此必須有充分自由，作各種決定，而不應受任何方面的控制或干擾。

以上是國際總編輯協會年會中討論的要點。

我們與國際總編輯協會的關係

國際總編輯協會的年會中，很少有亞洲國家的報人參加。現在國際總編輯協會會長沙凱先生(M. Henri Saquet)，是巴黎《經濟日報》的社長，和陳雄飛大使是朋友，所以對中華民國甚爲友善。十多年前，他任協會祕書長時，就向陳大使表示，希望我們能派人參加，因路程遙遠，臺北來人不易，他就建議我們派巴黎的特派員參加，就我記憶所及，好像當李強光兄任中央社駐巴黎特派員時，曾首次代表中央社參加過這項會議，至於是那一年和在什麼地方，我都不記得了。

一九六四年，我在巴黎時，又接到邀請，陳雄飛大使極力勸我們參加以及和法國新聞界建立廣泛聯繫，經總社表示同意，我乃應邀前往。同時前往參加的，尚有當時《中央日報》駐巴黎特派員龔選舞和《自由中國評論》駐法特派員陶宗玉，這是我和沙凱認識之初，當時他是協會祕書長，不久協會會長病故，他就被選爲會長。

一九六五年我奉命到法國東部斯特拉斯堡城（Strasbourg）參加聯教組織主辦的一個新聞教育會議，沙凱先生也去參加，我們又有數日天天在會場見面，當時參加會議的以東歐和英美的代表較多。法國參加的多來自地方性報紙，只有沙凱和我是從巴黎去的，所以開會時我們就坐在一起，休息時也常常一同去喝咖啡，漸漸變得很熟。回巴黎後，我們又見過幾次面，一九六六年他又邀請我去開會，我因轉調倫敦，所以婉謝了。

這一次我又奉命去開會，我自己未想到，沙凱先生顯然也未想到，十年未見，他已蒼老甚多，但他還認識我。大會開幕式舉行後，我去主席臺向他寒暄問好，他講了一句歡迎我去開會之後，馬上就對總統蔣公的崩殂，表示弔唁之意。他說：一週前他曾在巴黎參加爲蔣公舉行的追悼會，我馬上向他鞠躬道謝。我說：作爲一個中國公民，我對你們這番盛意，非常感激；他又和我握手，他說：蔣總統實在是一位偉大人物。當時圍在主席臺四週等著和他講話的人很多，他和我的談話中，一再提到蔣公大名，頌揚蔣公偉大，其盛意至爲可感。

國際總編輯協會雖然不能算是眞正的國際性組織，但在歐洲仍不失爲一個有相當影響力的集團，多多參加這個協會的年會，可以擴大我們與歐洲新聞界的接觸和聯繫。但因會中主要人物均來自法語國家，而會中的正式語言又是法語，所以與會者最好能講流利的法語。因此，我們今後繼續派人參加這個組織的會議時，如果派法語流利的人去，則更能增大我們國民外交的收穫。

美食之都——巴黎

世界上以烹飪著名的國家，在東方爲中國，在西方則首推法國，中國烹飪有京菜、粵菜、川菜、湘菜等地區的分別，而且各有千秋。法國烹飪也分成好幾個地區，但都不足與巴黎分庭抗禮。在這些外省地區中，以南部的馬賽地區較有名，然尚不足與巴黎媲美。

法國最佳的烹飪技術，原都集中於皇家。法國大革命後國王被殺，王族瓦解，名廚星散，紛紛在巴黎開餐館謀生，烹飪的技術乃得以普遍化；而烹飪藝術的盛名，亦開始向外流傳，巴黎終於成爲西方世界的美食之都（Gastronomy's Capital）。

在歐洲，義大利也是一個以烹飪著名的國家，在今天的國際聲譽上卻不如法國，但是法國在烹飪技術的發展史上，曾經一再的受到義大利半島的影響。

據說，在公元前後的百年間，法國人吃的東西已極具營養性，其中有烤野猪、烤鵝、烤鷄及烤野兔等；但當時居佔領地位的羅馬人吃的卻更精緻，他們吃農場培養的田鼠、駝鳥的腦子、夜鶯的舌頭等。當時羅馬的文化極具優越性，法國當地的文化自然受其影響，烹飪亦然。法國人漸漸的不再吃野豬肉，而代之以小牛肉，此外他們還吃鯡魚、鯉魚、鷓鴣等，這時烹飪的重點在食物的外表，也就是色香味中的色，而不專重營養了，而宴會時，還有音樂和戲劇助興。

到了十四世紀的中葉，法國的烹飪又有了很多的變化，曾經擔任法王查理五世的狄瑞（Guilliaume Tirel），在一三八〇年寫了一本書，敍述當時烹飪的一些方法，聽來也會令人驚異，他們用太多的香料和糖，吃來只有佐料的味道，而沒有原來食物的味道了。

到了十六世紀，法國的烹飪再度受到義大利的影響。在佛羅倫斯（Florence）地方，有一青年女貴族凱薩琳（Catherine de Medici），於一五三三年嫁到巴黎，去做未來國王亨利二世的新娘，她是很重視飲食的，而對法國的廚師缺乏信心，她在她的大批隨從之中，帶了不少佛羅倫斯地方的名廚。陪她到法國的義大利的貴族們，不久也都不習慣於法國的食物，紛紛派人回國徵雇名廚去巴黎，法國的皇宮不久就以美食聞名四方了。

巴黎人此時不僅向義大利學得許多新的烹飪技巧，也學習使用新的餐具，凱薩琳皇后帶來很多前所未聞的精美的餐具，諸如上釉的玻璃菜盤、水晶酒杯，飲宴時並有芭蕾和音樂在一旁演出，不過法國王宮直到法王亨利三世才開始用叉，直到法王路易十五時，刀叉並用才普遍。凱薩琳皇后很喜歡吃，有一次因吃得太多，幾乎被脹死。

巴黎皇宮的法國廚師對於烹飪藝術的發展極爲迅速，不久就青出於藍，勝過他們的義大利老師了，開創了法國烹飪的新紀元，其水準與品質之高，一時無兩。

據說，法國國王亨利四世非常重視飲食，他常親自到皇宮的蔬菜園去幫忙，並親自下廚替自己燒湯和做生菜。一五九九年他成立廚師會社（Corporation des Cuisiniers），使廚師們取得一種正式的地位。某次這位國王忽生重病，並發高燒，他個人相信食物可以治病，於是不顧醫生的反對，吃下大量的沙丁魚和牡蠣，並飲下加上香料的葡萄酒，結果他竟然熱退而病癒。

法國當時重視食物的也並不限於皇室或貴族，每到了吃肉日（Meat Day）時，除了極窮的人只能吃一點猪肉之外，一般的工人和商人，也都像富有的人一樣，總都設法吃一點羊肉、鹿肉和鵪鴣鳥，在不吃肉時，都吃鮭魚、鯉魚，或是醃的青魚。

那個時候的巴黎人每天要吃五頓，早晨初醒時，先喝一碗湯或是牛奶，稍遲再進早餐，其中包括麵包和肉類；下午一時或二時吃午餐，那是一天中最重要的一餐；六時左右吃晚餐，晚間九時或十時熄燈就寢之前，再吃一頓宵夜。

從現代的眼光來看，那時候的巴黎人似乎吃得太多，但和凡爾賽宮內的國王每天吃的東西相比，仍是小巫見大巫。法王路易十四，也和英王亨利八世一樣，是一個著名的老饕，他的貪食病（Bulimia），也是很多人都知道的，他能很從容的吃下一大盤蜜餞果子，一大塊小牛肉，一大盤生菜，三隻鷓鴣鳥，一條鯉魚，一塊乳酪杏仁餅，最後還吃很多水菓。

路易十六也能保持吃的傳統。據說當他在一七七〇年結婚時，因爲吃得太多，一時竟不能呼吸。他的祖父勸他不要使胃的負擔太重，但是他說他的晚餐吃得多，夜間才能睡得更好。法國大革命後，革命法庭判他死刑，他聽判後回到監獄，又吃了六塊排骨肉，一大塊鷄肉及若干鷄蛋，喝了兩瓶法國葡萄酒和一瓶西班牙葡萄酒，然後到床上倒頭大睡。

法蘭西烹飪之得以發展並揚名，得力於法國大革命之處甚多。法國大革命摧毀了皇室和貴族的特權，使得數以百計的廚師們失業，流落民間，爲了謀生，只有經營餐館，在當時這是一項不多見的新興事業。巴黎的第一家餐館是在一七六五年開張，當時尚無餐館（Restaurant）這個字。

較早的時期，巴黎也並不缺乏飲食之處，但都是由酒館供應一些食物，那個時期的 Cabarets 是尋求享樂之處，只供應啤酒；Tavernes 只賣葡萄酒及若干食物，但既無餐巾，也沒有盤子；Hotel 只供住宿；Auberges 是一種鄉村旅館，可供旅客食住。另有一種廚師，他們在家中或是路旁的小攤上，烹調各種食物，然後送到顧客的家中。

後來有一個名叫布南惹（Boulanger）的人，開了一家餐館，在固定的時間內，供應酒食，客人用餐的桌子也都分開，他在餐館的大門上寫了一段拉丁文，大意是說，如果你們的胃感到不適，請來看我，我可以醫治。布南惹的餐館還相當的簡樸，後來有一個曾爲某伯爵服務的廚師，才開設了一個裝潢豪華的餐館。

到了十九世紀，食物變成一門科學，一種受人熱愛的對象，並且以一種虔誠的心情，不斷的加以研究和改進。法蘭西的烹飪，逐漸變得舉世聞名了，而且被有意的用作國家的一種工具。拿破崙自己的食量甚小，而且對食物也不太感興趣，但他卻命令他的外交部長塔里蘭（Talleyrand）及另一要員甘白色利（Cambaceres），代表國家作東，每週四次，在他們的巴黎官邸，舉行豪華的宴會，招待外賓。應邀的客人有外國元首、高級官員、著名的作家，以及對法國友好的各國男女知名之士。巴黎這兩處官邸所代表的法國的一派烹飪，過分的營養，程序複雜，浪費人力，但自此以後，也沒有比這更複雜的烹飪了。

這時法國烹飪界出了一個天才，他可以說是法國歷史上很重要的一個廚師，他把烹飪技術徹底的現代化，制定各種烹飪的方法，並立下若干規則，直到今天其中大部分仍被奉行，此人名克瑞姆（Marie-Antione Carême），真正精緻的法蘭西烹飪因克瑞姆的改革而產生了。

新的烹飪藝術的產生，也付出了很大的代價。克瑞姆雇用了很多有專長的人和許多助理廚師及學徒，他們的待遇很低，但工作的時間則很長，他們幫助克瑞姆烹飪了堆積如山的食物，並出之以各種巧妙的形式，一切似乎又都回到中世紀時的那種誇張與虛飾。

克瑞姆常常去圖書館，描畫希臘的廟宇和英國的神壇的形狀，然後回到他的廚房，即用生麵糰和糖，依形塑製各種糕餅。他說最好的藝術有五種：即繪畫、彫刻、詩歌、音樂和建築；而建築中很重要的一部分就是糕餅。他留下五本書，詳述烹飪的方法和規則，一時被視爲是烹飪界的經典之作，現在已不大顯著，但每個廚師的頭上，都有一個紀念他的東西，那就是廚師們頭上所戴的那一頂高帽子，那是克瑞姆的發明。

克瑞姆曾爲法、英兩國的國王、貴族和大臣們烹飪，他被稱爲是國王的廚師和廚師中的國王。廚師原都出身下層階級，被視作僕役，這時候則一變而成藝術家了。

當時的藝術和文人中，也不少是以能吃著名，例如小說家巴爾扎克（Honore de Balzac）就熟習巴黎的每一家著名的餐館，並常在他的小說中加以描寫；他喜歡光顧這些餐館，盡情的吃喝。某次他約他的出版商一同光顧某著名餐館，他的出版商只吃了一塊鷄肉，喝了一碗湯，但他卻吃了一百個牡蠣、十二塊排骨肉、一隻鴨子、兩隻鷓鴣鳥、一條鰈魚、一大盤甜食，並喝了很多瓶葡萄酒，然後要他的出版商付賬。另一以能吃的著名小說家是雨果（Victor Hugo）他能吃而不太考究，常把所有的食物，不管是肉食、蔬菜或是肉凍等，都放在一個大盤子內，然後狼吞虎嚥的吃下去。

同時，巴黎的小資產階級也已興起，他們也都盡情享受，而且常以很奇怪的方法來表現。例如有一個小資產階級的人，以能吃聞名，某日向餐館訂座，他要邀請六個客人，連他自己在內，一共訂了七份午餐。他準時到達，先說客人遲到，自己先吃一份，然後又說客人失約，又把其他的六份也逐一的吃掉。十九世紀一般巴黎人的食量之大，在今天看來，是很難令人置信的，但大量吃喝的事，卻是屢見不鮮。

當一般富有者正盡情享受時，巴黎的窮人們卻要開始吃馬肉了。巴黎人一直認爲馬是一種很高貴的動物，所以即令是在饑荒之年，也從未想到要吃馬肉。但拿破崙指派了一個委員會，研究馬肉的營養價值，最後認爲吃馬肉可以增加蛋白質，於是一般人才開始吃馬肉。既然青蛙、蝸牛、牛腸、牛鼻和牛腦等都能吃，爲何馬肉又不能吃呢？到了十九世紀的中下期，「吃馬肉」（Hippophagie）已成爲家庭主婦的日常用語了。

巴黎人還喝新鮮的動物血，醫生們對貧血症的處方，就是去飲新鮮的牛血。於是這一類的病人就紛紛光顧屠宰場。據說血要趁熱時喝，當牛血從血管中流到杯子內後，要立即飲下，初飲時胃中有反感，但很快的就會過去，代之而起的是一種快感，飲久了還會成癮。

現在巴黎人不再喝牛血了，但馬肉仍然照吃。現在吃馬肉不是因爲受經濟影響，而是認爲馬肉有營養價值，可以補血。每週一吃馬肉和蕃薯條已成爲一種習慣了，爲什麼在週一吃馬肉呢？因爲一般肉商在星期日仍然照常工作，那是一週中生意最好和最忙的一天，到了週一他們就關門休息了。雖然冰箱已經很普遍的在使用，但法國人仍然要每天去買菜，以求得食物的新鮮。他們不喜歡成盒裝好的半熟或全熟的冰凍食物，他們認爲美國的電視晚餐（TV dinner）完全違反了自然。到了週一，屠戶店休業，他們買不到其他肉類，就只有光顧馬肉店了。

一八七〇年到一八七一年，普、法戰爭發生，色當（Sedan）一役，法軍大敗，拿破崙三世被俘，巴黎被普軍包圍，供應中斷，發生糧荒，巴黎居民乃開始吃馬肉、狗肉及老鼠肉。據說巴黎的大菜場（Les Halls）內約有兩千五百萬隻老鼠，既大又肥，巴黎的屠戶大賣鼠肉，平均每一隻老鼠可賣一法郎。等到老鼠也吃光了的時候，注意力轉到動物園，這些動物園的動物，也都是經正常的途徑出售，在有些著名的餐館中，菜單上也出現了「大象清湯」和英國式的烤駱駝肉等名菜。

普、法戰爭結束後，法國成立第三共和，一些美食主義者又拿起了他們的刀叉，繼續他們往日豪吃豪飲的習慣。但新起的資產階級較具責任感，自覺這種習慣之不良，於是過去那種大量的驚人的吃喝的事情，日漸減少。

這時法國又出現了第一個烹飪藝術的名家。他的名字是艾斯柯斐（Georges A. Escoffier），他的有關烹飪的名著和他的烹飪的方法，一直到第二次世界大戰時，還影響法蘭西的烹飪界，他的書被認爲是烹飪術的文法，但他也有過分誇張的一面，有人指責他創造了宮廷派的烹飪（Palace cooking），因爲他把矯飾和食物看得同樣重要，他還有一個缺點，就是太注意時事，他常把當時的名伶和著名歌星的名字，或是當時一件大事，作爲菜名，這和中國菜單上的貴妃鷄、大使豆腐、轟炸東京等菜名，頗有異曲同功之妙。

法國歷史上的兩大名廚克瑞姆和艾斯柯斐都曾各領風騷，但現在都已過去，法國人最後終於開始注意到他們的腰圍。法蘭西烹飪的重點漸漸轉移到清淡和精緻，而不再重視分量了；調味汁也較少用了，即使要用，也都是比較單純和容易消化的。這種新式的烹飪是先由幾處地方廚師所發起的，由兩個留心烹飪的新聞記者在巴黎加以宣揚，於是「新式法蘭西烹飪」（La Nouvelle Cuisine Francaise）的名稱，就不脛而走，開始在法國的首都流行。巴黎已有不少餐館採用這種清淡式的烹飪方法，其他餐館也都或多或少的受了這種新方法的影響。新烹飪術的要點是：清淡、簡單，並富於想像。一位烹飪評論家說，一切菜餚都要有食物自己原有的味道，這就是說不能有太多的調味品。

法國的烹飪向來是營養豐富，花樣繁多，不斷的演變，因此新的烹飪術能否持久，也很難說。不過有一點可以確定，那就是巴黎的烹飪目前又是處在一個少有的黃金時代。現在有很多人願意在餐館內花很多錢，以追求高水準的食物，並注意新的發展，這是以前所少見的。大多數的法國雜誌和報紙，都有食物專欄，由專家執筆評論當前的烹飪，他們的分析和評論，也和國際大事的評論一樣受到讀者的重視。法國每年有四種食物指南出版，據說最好的一本名「克來柏」（*Kleber*），而不再是「米其琳」（*Michelin*）了；另外每年還出版一本卡車司機的餐館指南。

法國人對於用餐是很重視的，認為是每天的大事，他們重視食物，也同樣重視用餐的方法和態度。一般說來，他們用餐時都是慎重其事，吃得較慢，所以用餐的時間也較長。記得我初到巴黎不久，有一天早晨外出買報，路旁小木亭內售報的一位老太太，正坐在亭內吃早餐，她見我來買報，就很從容的放下刀叉，慢慢吞下口中食物，再對我說早安，並將我要的報紙給我，態度文靜而自然，我走開後回頭一看，她又在很安靜的吃她的早餐，這是我首次看到法國普通人民的生活情形，給我很深刻的印象；後來有機會和法國朋友一同在餐館用餐，又有機會應邀到法國友人家中作客，所得的印象大致相同。

中國人所用飲食兩字，也頗能適用於法國，法國人既注重食，也注重飲，飲的自然是酒，飯前有飯前酒，飯後有飯後酒，飯時則有飯時酒。飯前酒稱爲開胃酒，開胃酒的種類很多，常喝酒的人都喜歡以威士忌酒作開胃酒。飯後酒稱消化酒，消化酒的種類也很多，習慣上以白蘭地酒作消化酒者居多，婦女們多喜歡以薄荷酒，或是其他甜酒，作爲飯後酒。

進餐時所飲者爲葡萄酒，法國葡萄酒分紅白兩種。吃肉食喝紅酒，吃海鮮喝白酒，另有一種淺紅色的葡萄酒，無論是吃肉食或是吃海鮮，都可以喝，但對飲食講究的人，不願意喝這種酒，認爲它的品級太低。就是紅酒也分數種，因肉類烹飪的方法不同而喝的紅酒也有分別，吃乳酪時又是一種紅酒。

不同的酒使用不同的酒杯，所以在正式宴會中，每個人的面前，會擺上好幾個酒杯，沒有經驗的人，可能有莫知所措之感，其實不必緊張，宴會開始，負責爲你斟酒的侍者，自會把與菜相配合的酒，倒入應該倒入的酒杯中，第二道菜如果不同，侍者也會把不同的酒倒入不同的杯中，這時可以追隨主人或別的客人行動。

開胃酒都是在就座之前，賓主寒暄時喝的。西方的習慣，在宴會開始之前，總都有半小時的時間，讓賓主飲酒談天，客人也大都是在這半小時內先後到達。消化酒則是在吃過乳酪或尾食之後用的，習慣上飲白蘭地酒者居多，常常和雪茄煙同時送上，當然你可以兩者都接受，也可以兩者都不用。飯後酒之後，就是咖啡。在飲飯後酒和咖啡時，又有一段時間閑談，然後主客首先起立告辭，宴會才告結束。不像臺灣的宴會，最後一道菜後，馬上一哄而散。

以上是指正式的宴會，普通家中宴會，也都在用餐前，請客人喝一杯威士忌酒，用餐時再看主食是肉或是魚，而決定飲紅酒或白酒；飯後飲白蘭地或甜酒。在一般日常生活中，法國人是否也這樣飲酒，則要看各人的家庭情況而定，不過不論窮富，法國人在吃飯時都是一定要飲酒的，當然也有例外，但爲數不多。一個人每餐飲一瓶酒，也是常事，不足爲奇，以一個兩人的小家庭來計算，每個月就要飲一百多瓶葡萄酒，這是一項不小的開支。

法國小市民階級日常飲的都是一種桌上酒（Table Wine），沒有牌名，比一般葡萄酒便宜。在英國餐館中，也有這種桌上酒，但品質似乎不如法國的桌上酒。據說法國的桌上酒是阿爾吉利亞所產的葡萄酒和法國的葡萄酒混合而成，品質相當不錯，在法國飲的人多，消耗量也相當大，去小餐館吃飯，也可以叫這種酒。

去法國餐館小吃，自然不必叫多種不同的酒，叫一種或兩種，也就可以了，但不宜叫其他的飲料，否則容易招致侍者的白眼。有些美國人常在法國餐館中要冰水，或是叫可口可樂，最易引起法國侍者的反感。

據說，戰後不久，有一羣美國的觀光客，在一家著名的法國餐館用餐時，叫餐館供應可口可樂，引起餐館老闆的反感，認爲是對該餐館的一大侮辱；乃把該羣美國遊客趕出餐館，不予接待，當時成爲一大新聞，在巴黎幾乎是無人不知。

一九六〇年代的初期，我抵巴黎不久，有一位朋友約我去一法國餐館用餐，因爲他知道我在去法國之前，曾有一段時間在美國，所以特別對我提到此事，勸我去法國餐館用餐時，千萬不要叫冰水或可口可樂這一類的東西，以免招致反感，被人趕了出來。就在那個時期，美國遊客被法國餐館拒絕招待的事，也並未完全絕跡。

很多法國餐館在看見美國遊客來臨時，總是先對來客作一番打量，如果覺得來人不順眼，就推說沒有空位，將來客擋駕。那時候美國人到歐洲來，幾乎是到處受人歡迎，只有法國例外，時常受氣。令人奇怪的是那時候法國實在很需要美國遊客的光臨，以便多賺一點他們所需要的美元外匯，但在同時卻又對美國遊客抱一種鄙視和排斥的態度。而在美國方面，儘管對法國人的態度表示痛恨，但到歐洲遊覽時，巴黎又被列爲必到之處。

近二三十年來，由於各國遊客的川流不息，法國年輕的一代也漸漸了解，外國人並不都像法國人一樣，每餐都要飲酒，各國各自有其不同的文化背景與習慣，因此，除了極少數的大餐館之外，一般時常接待遊客的餐館，也都備有冰水和可口可樂等飲料，以備顧客的需要，這是很多改變中的一部分，也是早應該有的改變。

艦隊街上的歲月

一九六六年春，我自巴黎來倫敦，一九八七年春，我在倫敦退休，在這二十一年中，除了有兩年是在臺北供職之外，其餘十九年的歲月，全都是在倫敦工作，而且全都是消磨在艦隊街上。從週一到週六，風雨無阻，每天必去艦隊街上班，有重要事情發生時，星期日也得去。不過在一年之中，這種情形並不太多。

生逢亂世，顚沛流離，在國內的城市中，沒有一個地方我連續住滿過十年。在臺北雖然住了十年，但那是幾次湊在一起的，至於在一條街上工作十年，我在國內尚無此紀錄。在倫敦艦隊街，我先後兩次，一共工作了十九年之久；第一次十四年，第二次五年，對我個人而言，它是我最難忘的一條街道。從佛家的因緣觀點來說，也許是我與艦隊街的因緣特別深厚罷。

艦隊街原是英國的報業中心，後來英國的新聞媒體以及其他國家的新聞媒體的分支機構，也均聚集於此，艦隊已成爲在英國新聞界的別名，它不僅在英國是大名鼎鼎，盡人皆知，就是在國際上，也是名聲顯著。

艦隊街位於倫敦的中部偏東，東通聖保羅大教堂，西接民事法院，兩者都因建築特別，而成爲外國觀光客的對象。艦隊街並不太長，只有兩百個門牌，但是代表新聞界的艦隊街，卻還要包括兩側的許多街道在內，就習慣上而言，凡是電話號碼以艦隊街開始（後改爲三五三）者，都視爲是屬於艦隊街的區域。

從外表來看，艦隊街並無特殊引人之處，只是一條普通的街道而已，但若明瞭內情，就會發現這個地區之內，藏龍臥虎，非同凡響，許多在國際上享大名的記者，都曾在這個地區內，撰發經常引起世界注意的報導。

不知何時開始，英國社會上有了一個觀念，即新聞機構都應在艦隊街區內，否則似乎就不是一個正統的新聞機構，漸漸的倫敦的新聞界與艦隊街已變得不能分開了。艦隊街固然因爲新聞界而變得遐邇聞名，而新聞界如果不在艦隊街，也會顯得黯然無光了。因此，無論是英國或外國的新聞機構，都盡力擠向這個地區。辦公室供不應求，房租就變得尺地寸金了。街上兩側的房子雖然很多是商店，但很多店鋪的樓上都是辦公室，至於兩側的橫街，更幾乎全是新聞機構的天下了。

當時英國全國性的日報中，只有《每日電訊報》、《每日快報》和《衛報》是眞正在艦隊街上，此外便是路透社；其他各報，例如：《泰晤士報》、《每日郵訊報》、《每日鏡報》、《每日素描報》、《太陽報》等，都不在艦隊街上；但也和兩家晚報以及數家星期天報紙一樣，都在艦隊街附近的橫街上；BBC廣播和電視公司，也都距離艦隊街不遠。

許多英國省區報紙駐倫敦辦事處，不但在這個區內，而且都在艦隊街上，這大概是因爲辦事處雖多，但都規模不大，艦隊街比較容易容納，至於那些銷路在百萬份以上的大報，自然很難都集中在一條很短的街上，而不得不向附近的街道分散。

中央社西歐分社也設在倫敦的艦隊街區內，在我抵英後的二十一年，我們先後換了四處不同的辦公室。當我抵倫敦之初，我們的辦公室是在莎士堡巷（Salisbury Court），是艦隊街南側的一條小街，靠近路透社，是我的前任曾恩波先生向一地產公司租的，房子不差，但沒有暖氣設備，到了每年一、二月份氣溫接近零度時，室內就覺得冷不可禁。

當時英國的取暖設備極差，只有政府機構、大公司和報館等，才有中央暖氣系統，一般住宅和小的機構都是靠電爐、煤氣爐或是燒煤的壁爐來取暖。五〇年代以前建築的住宅，都有壁爐，就是準備用來燒煤取暖的。辦公室雖然很冷，但是因爲另找辦公室之不易，同時有中央暖氣系統的辦公室的租金一定很高，所以迄無搬遷的念頭，到了一九六九年，房東通知我們，要收回大樓重建，所有房客都要在半年內遷出，我們也就非搬不可了，這是我抵倫敦後遭遇的重大難題之一。

接到房東通知之後，馬上行動，一方面委託幾個房地產公司代爲物色適當的辦公處，同時自己也在這個地區內到處查看，希望能看到房子出租的廣告牌。經過一個月的努力，我發現這個問題，比想像中還要困難。地產公司的答覆是要租用一棟房子，或是租用一層樓房，都可代辦，但要只租用一兩個房間則不可能。看情形我們似乎不能留在艦隊街，但作爲一個新聞機構，我們似不應離開這個地區，這件事給我精神上的壓力很大。

一位熟習艦隊街情況的朋友說，像我們這樣情形，只有向英國報館或通訊社去分租一兩個房間使用，但先決條件是，要和他們有合作的關係，我們和英國報紙都無關係，但和路透社訂有合作的契約。同時打聽到路透社有一房屋經理，專管房子問題，決定去找此人。當時我連此人的姓名都不知道，直到我進入他的辦公室前，才在門上的名牌上發現他的名字是韓蒙（R. A. G. Hammand）。

因爲沒有人介紹，又無約會，韓蒙對於我這個不速之客十分冷漠，在我說明來意之後，他說路透社只協助有合作關係的外國同業，中央社與路透社無合作關係，礙難相助。我說：我們之間訂有合作契約，他說：以前是有的，現在早已中斷，我說：兩年前又已恢復，他似乎很感意外，他說：他要向有關部門問一問詳情，約我第二天再去。次日我再去找他，他證實兩社之間確又簽有新的合作契約。他說：在艦隊街上找辦公室是非常困難的一件事，我說：正因爲如此，我才來找你幫忙。他說：當時不能作具體答覆，過兩週之後，再看有無機會。我那時知道除了路透社之外，別無其他機會，決定繼續努力要求路透社幫忙。

半個月之後，我再去找韓蒙，他立即帶我去艦隊街一六七號看房子，那是一座新建的大樓，和艦隊街上那些老房子成極明顯的對照，美輪美奐，電梯是最新式的，樓梯也是用大理石砌成的，比路透社總社的大樓還要好。韓蒙說：這是路透社新租的大樓，自己用不完，所以將第一樓全部租給與路透社有合作關係的外國同業使用，現在還剩有一間，要我看看是否合用。他並告訴我每年要付的租金除了電話費自付之外，其他水、電、暖氣、清潔打掃以及看門工人的費用都包括在租金之內。我看了房間和問明細節之後，便告訴韓蒙，我個人十分滿意，但要先徵求臺北總社的同意。他說：這一點他完全了解，但希望能早一點給他答覆，我當天就發電向總社請示，總社也很快的回電批准。我立即通知韓蒙，他很高興知道我決定遷進路透社辦公，並要我早一兩天告訴他搬遷的日期，他好叫路透社的工人來替我搬家，並說有什麼問題，儘管告訴他，他會盡力幫忙，開始十分冷漠的人，現在竟變得熱誠友好了。

新厦的一樓全是外國的新聞機構，但是來自亞洲的只有我們中央社和日本的共同社，其餘的都是歐洲和南美報紙駐英辦事處，大家相處很是融洽。搬家之後，來訪的朋友都說不但地區好，房子也好，能租到這種辦公室，眞是幸運，寫到此處，首先得感謝總社和路透社恢復了合作關係，我們才能搬進路透社的大厦，繼續留在艦隊街；其次要感謝韓蒙，因爲事後我知道申請租用最後這一間辦公室的並不止我一人，而韓蒙卻把這機會給了我。

爲了表示謝意，我請韓蒙到一家中國餐館晚餐，我請他點菜時，發現他對中國菜十分內行，我問他是否到過中國，他聽後哈哈大笑，他說他的父母在中國住了幾十年，他本人就是在上海出生，稍長才回國受教育，大學畢業後進入路透社，又被派到上海和北京兩地工作，在北京時曾訪問過好幾個中國的大軍閥。太平洋戰爭發生時，他是最後一個撤離上海的英國記者，他替路透社從中國發出最後一則電報時，幾乎爲日本所俘虜。戰後曾重到中國，但不久即被調回總社任職，他們家兩代都與中國有很久的關係，他個人也對中國有一份特別的感情，他很高興見到中央社與路透社重建合作關係，今後有事，他會盡力爲我幫忙。從這次暢談之後，我和他常常見面，他確曾給我幫了很多忙。

一九七三年，路透社的經濟新聞業務擴大，決定要將我們辦公室所在的那一層樓全部收回自用，在收到正式通知之前，韓蒙已經告訴我這個新的發展，並說路透社還有其他大樓，他會替我另找一間辦公室，勸我不必爲此事發愁。他並告訴我，在一樓的房客中，只有共同社不動；原因是路透社東京分社是在共同社內；基於利害關利，路透社也必須照顧在倫敦的共同社，這原是國際關係上的常態，不足爲異，我們和路透社沒有利害關係，只有靠私人友誼了。當年九月，我搬到國協大樓，位於艦隊街西側的一條小街上，距艦隊街極近，步行不過三分鐘，也是路透社的房產，房客以英國地方報紙的代表居多，最大的客戶是俄國的塔斯社。

我在國協大樓辦公的時間不到一年，就奉總社之命，遷往合眾國際社的辦公大樓，這是我在倫敦的第四個辦公室，一直到一九八七年我從中央社退休。

合眾國際社設在倫敦的機構是他們的西歐分社，規模頗大，除了編採部門之外，還有電訊部門和業務部門，有一副社長總其事，人數一度近百，後來又逐漸減少，因爲規模頗大，所以就在艦隊街南側的布法利街（Bouverie Street）租用一棟大樓，並將二樓全部供有關同業租用，我們中央社就在二樓租了一間辦公室。當時中央社已和合眾國際社簽約，我們在海外各地機構，全都使用當地合眾國際社的電訊設備發電，能和他們在同一大樓內辦公，自然有許多方便。

我在遷往合眾國際社大樓時，曾向韓蒙解釋，我的遷移是奉總社之命，主要是爲了發電方便；韓蒙說沒有關係，以後合眾國際社的房子如有問題，還可以去找他，歡迎我隨時遷回路透社，後來他不止一次的重作這個表示。

七〇年代的中期，有一天韓蒙忽打電話告訴我，他已滿七十歲，不日即將退休，他的兒女及第三代都已移民去澳洲，並一再勸他夫婦也去澳洲。退休後的鄉居生活，將是非常寂寞，所以他也決定離英去澳，新的房屋經理將由他的副理升任，他已和他的副理談過，以後我的辦公室如發生問題時，請他多予協助。後來我設宴爲韓蒙餞行，並請了他的副理及幾個路透社的朋友作陪，他的副理當面告訴我，今後辦公室如有問題，可以隨時找他。

我們遷入合衆國際社後，一切都很順利，但就在七〇年的後期，合衆國際社主管歐洲業務的那位副社長胡密（Julius Humi）退休，另從美國派來了一位副社長，名布來貝（S. H. Blabey），此公到任不久，就叫他的業務經理加南（David Garland）通知我，合衆國際社要收回我們的辦公室自用，要我們搬出，此事頗出意料。加南是相當年輕的英國人，我和他甚熟，我問他是否整個一層樓都要收回，他猶豫了一下，才告訴我只要收回我們的辦公室，這很明顯的是一項歧視行動，心中不免有氣，但並不著急，我想大不了再遷回路透社，但是我遷到合衆國際社是總社的意思，現在合衆國際社要我遷出，我自然要報告總社，當時任社長的魏景蒙先生在接到我的報告後，立即打電報到紐約合衆國際社總社，表示抗議，當時任合衆國際社臺北分社經理的蕭樹倫兄也有報告去他們的總社，表示此事之不妥。

大約過了一週，加南來告訴我，紐約總社來了很多電報，要你遷出的決定取消了。當天下午，布來貝親來我們辦公室，他說他已取消了要我們搬家的決定，他說過去一週，紐約不斷有人打電報、電傳或寫信來對他的決定表示不滿，合眾國際社總社副社長卡夫（Albert Kaff 曾任臺北分社經理）寫了一封長函給你，解釋中央社與合眾國際社不僅關係密切，而且歷史悠久，絕不能要我們遷出。布來貝說他要我們搬家的決定像是戳了一個馬蜂窩，四面八方都來指責他措施之不當，講罷自己也哈哈大笑，一再向我道歉，並希望不要把此事記在心裏。此公之坦白率眞，也很令人感動，從此之後我們倒變成好朋友了。每年耶誕節前，我總是要宴請合眾國際社的各部主管一次，布來貝也總是回請，我退休時，他還在一家英國大餐館設宴爲我餞別，並請合眾國際社各主管作陪，盛意可感。

在艦隊街區內找到並維持一個辦公室，原是一件很困難的事，我們幸而先後得到路透社和合眾國際社的協助，得以一直留在這個英國新聞中心區內，實在很幸運。一九八七年我退休時，國際新聞公司（News International Ltd）的老闆麥道克（Rupert Murdoch）和英國的印刷工會鬥法，把他屬下的《泰晤士報》、《星期天泰晤士報》、《太陽報》和《世界新聞》等全都撤離艦隊街，搬到舊碼頭區（dockland）新建的報社，後來由於柴契爾夫人政府制定了許多新的法律，印刷工會在抗爭中失敗，各報不僅紛紛引進新的生產技術，並紛紛遷往不在艦隊街區內的新厦，省區報紙及外國新聞機構的辦事處也紛紛外遷，合眾國際社也遷往舊碼頭區，艦隊街上的新聞機構風消雲散，只有路透社仍在原址未動。我的後任，以及後任的後任，不僅不需要繼續留在艦隊街，而且根本不需要另租辦公室，可以在家中辦公，少去了一個隨時都可能發生的煩惱。

到倫敦後第二件令人煩心的事就是電訊問題，當時我們是向英國電報局購買每天半小時的莫爾斯廣播(Morsecast)時間，拍發我們的新聞電報，莫爾斯廣播那時已經很落伍了，我們仍然用它，主要是爲了省錢。同時我們在德、法、義、西四國的同事，也都用電話把他們的新聞稿傳來倫敦，以便集中發回臺北，這也是爲了省錢。這個辦法引起了很多的困難：一是倫敦和臺北相距甚遠，一旦天氣不佳，這種無線的廣播，不是全部收不到，就是抄收不清，總社經常來電要求補報，不勝其煩；二是兩地時差八小時，爲了配合國內發稿時間，我們每天的廣播時間定在上午十一時，總社抄收到倫敦廣播已是晚間八時了，總嫌太遲。可是倫敦在十一時開播，十時半就得送稿去電報局，我們常在十時左右就要截稿。至少在九時左右就要開始寫稿，但是一大早向那裏去找新聞呢？只有看報，全國性和地方性的報紙和雜誌數十份堆滿一桌，初來時簡直不知從何看起，一面看報，一面看壁上的時鐘，九時一到，就得馬上推開打字機寫稿，有時正當自己集中精神寫稿時，巴黎、羅馬、波昂或馬德里有長途電話報稿，這時還得放下自己的工作，去接聽同事的電話，幸我初來時，馮小民兄在分社任記者，兩人分工，勉強應付，若只有一人就很困難了，我的前任曾有一段時間，獨力支持，累得他叫苦連天。後來馮小民任滿離英，我也有一段時間飽嘗其苦。

一九六八年，總社與日本的時事通訊社簽約，使用時事社在倫敦的發電設備，取消了莫爾斯廣播，我們在發報方面，才算稍有改進。時事社在倫敦租用直達東京的海底電線，每天二十四小時都可發報，他們用不完這樣多的時間，所以願意分售一部分給中央社使用，我們的新聞稿傳到東京後，再由中央社東京分社經日本電報局，傳往臺北，這一套辦法帶來了另一項痲煩，那就是新辦法發報是用鑿孔的紙帶，時事社不接受新聞稿，而只接受鑿過孔的紙帶，因此，我們要自己做紙帶鑿孔的工作。我們又自購鑿孔機，自購紙帶，雖然鑿孔機的鍵盤與打字機類似，但也有若干相異之處，經過一段時間練習，才能操縱自如，但我們卻又多了一份紙帶鑿孔的工作。鑿紙帶的工作和打字類似，因此每條稿子都要經過兩次打字，自己寫稿是用打字機，之後再用鑿孔機，外來稿子也是在接聽電話時，先用打字機打好，聽完電話，再鑿紙帶，當分社有兩人時已經很忙碌，小民兄離開後，就只好由我一肩獨挑了。在名義上我是西歐分社主任，但很多時間都在做電話生與打字員的工作，整天都在辦公室，無法外出。

當我遷入路透社時，總社又和路透社簽約，使我們在德、法、義、西四國的同事，可以使用當地路透社的電訊設備，將他們的稿子傳到我的辦公室，我既不要每天忙著接聽電話，也不再需要爲他們的稿子去鑿紙帶了。路透社在我的辦公室安裝了兩部機器，一部機器上出現的是文字，我可知道各地來稿的內容，另一部機器上出來的是紙帶，我可以把這些紙帶和我自己鑿過的紙帶聯在一起，送到時事社去發電，我雖然省去一些事，但卻又要常常的去照顧機器。機器一出毛病，要馬上找人修理，否則稿子進不來。找人修理也不簡單，修理這兩部機器的工人，分屬於兩個不同的工會，如果找錯了人，就是他能修理，但礙於工會的規定，也不肯動手，這件事帶來許多新的痲煩，但也因此結交了幾個年輕的工會朋友。

一九七四年的夏天，我遷入合眾國際社大樓辦公，總社又與合眾國際社簽約，使我們在歐洲各地的同事，都可使用當地合眾國際社的電訊設備，將他們的新聞稿直接傳到臺北，我不須再爲歐洲各地的同事轉報，自己也不須打紙帶；寫好稿子，送往合眾國際社電訊組，自己就不必再操心了，這是在電訊傳遞上最大的改進，也是魏景蒙先生出任中央社社長後的一大貢獻。這當然是由於總社經濟情況改善的結果，總社經濟情況的改善，當然也與臺灣經濟繁榮有關。

擺脫了一些雜務之後，我終於能集中精力於採訪和寫作工作。在一個沒有邦交的國家裏，從事新聞採訪是相當困難的，有人說沒有邦交只影響到外交官，新聞記者還是可以照常活動，這是一廂情願的想法，像英法這種國家還允許我們入境和居留，有些國家根本不許入境，那裏還談什麼活動。中法斷交之後，我還在巴黎留了一年多，所以我已經有在無邦交國家中工作的經驗，來到倫敦之後，發現此地的情況，與巴黎大致相同。我們最需要接觸的是外交部，而最不願與我們接觸的也是外交部，因爲雙方既無邦交，當然也無官方來往，不能接觸雖然對我們有若干不便，但影響不大。

這時經過朋友的介紹，我認識的同業漸多，有英國人、美國人、法國人，還有些其他國家的同業，但以前述三國的人居多；從亞洲來的同業，只認識日本人。那時中共的新華社記者還是深居簡出，不易遇見，但是到了一九七八年，大陸改革開放之後，他們突然變得非常活躍，除了新華社之外，香港的《大公報》和《文匯報》，大陸上的《光明日報》、《經濟日報》等都有記者在英國。某次外籍記者公會舉辦餐會，我們所有的中國人都被安排在一桌上，大家交換名片，認識了新華社分社主任（他們稱分社長），那位分社主任也姓楊，他力勸我去大陸看看，他說大陸在改革開放之後，一切都不同了，我去看看就會知道，他約我得便時去新華社談談，如想去大陸，他可以代安排，我當時想去巴黎都抽不出時間，更那有時間去大陸訪問。

在我認識的西方外勤同業中，有兩位資深的外交記者。一位英國人，一位美國人，都曾給我很多幫助，我認識他們時，他們都是在爲美國的報紙寫專欄，他們每天都出去採訪，爲他們的專欄收集資料，因爲寫專欄也要消息靈通，才能言之有物。那位美國朋友名葛瑞格（Joe Griggs），他不但在新聞上幫忙，我去荷蘭參加國際筆會開會時，拿不到簽證，也是他找朋友替我辦妥的。他曾任合眾國際社巴黎分社主任，能講法語，此人身材高大，相貌堂堂，又講究服飾，舉止言談很像一個大使，我曾向他提到這一點，他說年輕時，沒有把大使這個職位放在眼內，現在年紀大了，就是想做大使也來不及了，言罷哈哈大笑。他舉止穩健，很像英國紳士。那位英國同業名沙勒（K. Thaler），我在認識他之前，已在報上看過他很多篇專欄，他採訪過許多重要的國際會議，跑遍了歐洲，後因年歲日長，不願再到處奔走，所以留在倫敦寫專欄。他也和葛瑞格一樣，每天都出去爲他的專欄尋找資料，下午在寫好專欄，交合眾國際社發往美國之後，就常來我的辦公室聊天，告訴我一些有關亞洲或遠東的新聞，有時候有些問題，我找不到答案時，只要告訴他，他就會替我問得清清楚楚，並很快的告訴我。此人態度和藹，會說笑話，酒席筵前，只要有他在座，一定是滿室生春。我退休後，我們還有過聯繫，那時他已老態龍鍾，行動不便了，後來聽說他因中風而到鄉下療養，住在何處不得而知。葛瑞格後來舉家返美，同時有許多其他舊友，有人退休，有人死亡，有人離開英國，有人行踪不明，艦隊街上席終人散，緬懷往事，眞是春夢一場。

在艦隊街十多年中，還有幾件事值得一提。第一是市長遊行（Lord Mayor Show）。大倫敦市共有三十三個行政區，只有兩個區是倫敦的市中心，也是倫敦的精華所在。一是倫敦城區（The City of London）：英國的各大銀行的總行、保險業、股票市場、外匯市場、黃金市場及其他重大貿易中心、民事及刑事高等法院、新聞中心的艦隊街，都在這個地區內。二是西敏區（The Borough of Westminster）：白金漢皇宮、唐寧街十號首相官邸、議會上下兩院、政府各個部會、世界聞名的海德公園，都在西敏區。

倫敦城區有市長，每年選舉一次，每次就職時，必舉行花車遊行。市長花車遊行是固定在每年十一月的第二個星期六舉行，這也是倫敦每年一度的大事，艦隊街是必經的路線。艦隊街平時相當熱鬧，但到了週六卻人少車稀，街上十分安靜，可是到了市長花車遊行的那個週六，上午八時不到，街上已是擠得水洩不通，大人小孩都有，其中很多是觀光客。我是每個週六都要去艦隊街上班，所以每年的市長遊行，我都是躬逢其盛。遊行的花車都是由各大企業提供，爭奇鬪勝，花樣繁多，車上並有化裝的男女，以引人注意；參雜其間是學校、公私社團、警察和陸、海、空三軍的樂隊，軍方也有象徵性的隊伍和戰車大砲等參加，整個遊行行列，要在艦隊街上走兩個多小時。新任市長、議員、法官等都穿上色彩鮮艷的禮服，乘坐金碧輝煌的馬車，在最後壓陣。從一九六六年到一九八〇年，我連續看了十四次倫敦市長遊行。我常想就是住在倫敦的英國居民中，像我這樣連續看市長遊行次數之多的，恐怕也很少。

除了市長遊行之外，在艦隊街上的第二件有趣的事，就是看過許許多多的示威遊行。舉行示威遊行的有各種工會，也有其他各種政治性的社團。在一九六〇年代和一九七〇年代，幾乎每週都有示威遊行，因爲艦隊街是新聞媒體的中心，所以任何示威遊行，都一定經過艦隊街，目的當然是希望引起新聞界的注意。大概是因爲遊行的次數太多了，新聞界也失去了興趣，儘管遊行的隊伍到了艦隊街時，口號喊得特別響，街上兩側的人仍然視若無覩。我初抵倫敦時，爲了好奇，常常還佇立街旁看看，後來看多了，也失去了興趣而不再看了。儘管遊行頻繁，但報上很少報導，住在其他地區的人，很難知道，倫敦有那樣多示威遊行。

每次遊行都有警察隨行，警察分列於遊行隊伍的兩側，隨隊而行，每隔十排或八排，就有兩個警察，如果遊行者近千，警察的人數就可能近百，一般說來，遊行都很和平，很少發生衝突，有時候還看見警察與遊行者談笑風生，好像老朋友在一起逛街。

遊行打架也是常有的，大多是政治性的衝突，例如某一右派團體爲了某一問題，要發動遊行，左派團體知道後，便會立即組隊遊行，作爲對抗，警察爲了防止衝突，總是設法阻止兩派碰頭。有些激烈分子，不聽勸告，常常先與警察衝突，警察有時候成爲夾心餅乾，受到雙方攻擊，但這種事情從未在艦隊街發生。不過有了衝突，報紙一定會報導。據說，有些團體為了見報，往往不惜打架。有些激烈分子已變成職業性的遊行者，他們對於打架、坐牢或罰款，視若家常便飯，毫不在乎，幸而這一類人不多。

在艦隊街上第三件值得一提的事是英國記者俱樂部。英國有很多俱樂部，是社會上的一大特色，各行各業都有它的俱樂部，例如銀行業、保險業、律師、會計師、藝術家、文學家等等皆各有其俱樂部。在報紙上常常提到的是兩個政治性的俱樂部，會員皆是現任或前任閣員、上下兩院議員等。有些俱樂部對會員資格要求甚嚴，會費也高，這都是享有盛名的俱樂部。英國記者俱樂部是英國新聞界組成的一個社團，在社會上也有相當名氣，我之參加這個俱樂部也得從路透社談起。

我認識韓蒙之後，他先後介紹我認識好幾位路透社的主管，他說有些人只需要見一面，讓他們知道中央社有你這個人在此就行了，但路透社的副社長康博(Doon Campbell)可以多聯繫，他可能給你一些幫助。據韓蒙說，康博在戰時是路透社的軍事記者，隨軍在海外轉戰各地，名氣很大。盟軍在歐洲反攻時，他隨軍登陸諾曼地。後來擔任路透社巴黎分社主任，那是路透社在歐洲大陸上最重要的分社。再回總社任總編輯，社長出缺時，他也是少數候選人之一，因未中選，所以退居副社長。戰時他還去過重慶，訪問過當時中國最高領袖軍事委員會蔣委員長，對中國極有興趣，他交遊極廣，可以給你幫忙。

經韓蒙介紹認識康博後，他確曾給我很多幫助，也介紹我認識很多英國同業。記得認識他不久，他就請我到英國記者俱樂部午餐。英國記者俱樂部就在路透社大樓的後面，規模並不太大，裏面有圖書館、資料室、閱覽室、會議廳，還有下棋和撞球的設備，但佔地最大的是酒吧和餐廳，內部裝潢相當富麗。我們先到酒吧飲酒，再到餐廳用餐，這兩處地方都是十分熱鬧。用餐之後，康博問我印象如何，是否願意參加；我說印象甚好，但我是外國人，如何能參加英國記者俱樂部呢？他說以前的會員是限於英國記者，現在已稍有變更，可以接受若干外國同業參加，申請參加者要有兩名會員推薦，並要寫一封推薦信，我如願意參加，推薦的事由他負責。於是當時就向俱樂部祕書處要了一份申請表，塡妥之後交給康博，第二天康博就打電話通知我，申請表已經送出，他出面寫了一封推薦信，並邀請了他的老友路透社倫敦分社主任棉恩（S. Maynes）和他聯名出面作推薦人，他說棉恩和美國艾森豪將軍頗有私交，所以艾森豪當選總統之後，路透社馬上派他去任駐白宮記者，直到艾森豪任滿退休，他才返英。又因他和白宮新聞祕書哈格泰是愛爾蘭同鄉好友，所以他在白宮八年，有極佳表現，無論是在路透社或在英國的新聞界，他都很有名。

一般俱樂部對於入會的申請，都是交由一個委員會個別的審查、討論，並交付表決後，才能定案，俱樂部越有名，在這一方就越嚴格，常常費時很久，我因有兩位著名的人士推薦，又有韓蒙從旁協助，不但很順利，而且很快的入會了。後來才知道俱樂部是租用路透社的房子，韓蒙講話極有分量。

加入英國記者俱樂部後，雖未能照康博建議，每週都去一次，但每個月我都去一次或兩次，使用最多的是酒吧和餐廳，其他設備對我的用處甚少，圖書館太小，遠不如艦隊街上的公立圖書館，閱覽室內的報章雜誌，也不比我的辦公室多，下棋和打撞球我都無興趣，會議室對我更是無用，剩下的就只有酒吧和餐廳了，有時候是我請朋友，也有時候是朋友請我。

自從參加英國記者俱樂部以後，我請外國朋友吃飯，多半到俱樂部的餐廳，而不再去中國餐館，因爲俱樂部內無論是氣氛或裝潢都勝過中國餐館，再者，中國餐館宜於吃酒席，若是主客只有二、三人時，不如吃西餐方便。除了請同業外，我還請過律師、會計師、醫生和幾位英國作家到俱樂部用餐，漸漸的我體會到康博告訴我的話，參加一兩個俱樂部，對於社交活動是很有幫助，我保持英國記者俱樂部的會員資格約有十年之久，直到一九八〇年調任返國時才離開。

我在英國共參加了三個俱樂部，除了上述英國記者俱樂部之外，還參加了花花公子俱樂部（Playboy Club）和外籍記者公會的俱樂部。花花公子俱樂部有兩大引人注意之處，一是賭場，二是作兔子打扮的妙齡少女，我對這兩者都無興趣，我感到興趣的是餐廳的牛排。先是一個英國朋友帶我去吃牛排，價廉而物美，入會的會費也不高，他勸我參加，我就欣然同意了，只有他一人介紹就行，也不要什麼推薦信，十分簡單。我參加後，從未進過賭場，只去餐廳吃牛排，威士忌酒和牛排都比大餐館便宜，據說是因爲賭場獲利豐厚，餐廳便宜一點，以優待賭客。我的英國朋友說，像我們這樣只吃不賭的會員恐怕很少，否則俱樂部要關門了。至於外籍記者公會的俱樂部，完全是一種福利，葡萄酒的選購經常都是由德國同業主持，他們內行，每年買的酒都是價廉物美，所以酒吧值得光顧；餐廳的食物欠佳，主要是價格定得太低，廚師無能爲力也。

艦隊街上可記之事很多，只能扼要的記出以上各點，但在結束本文之前，我必須提一下街上的一個小書店。艦隊街上有兩家到三家書店，常常變動，但只有街西靠南的一家，十多年來一直保持原狀不動，門面極小，一個小橱窗，一扇小門，很像住宅，不像商店，看到橱窗內陳列的書籍，才知是一書店；進去一看，才知此店並不太小，上有兩層樓，下有地下室，全都是書庫，老闆西蒙（Simmon）先生滿頭白髮，和藹可親，我在無意中進入這家書店，才發現其中別有天地，藏書甚豐，我恰巧想買一本書而未買到，便問他有無此書，他說他的店中無此書，但他可以替我去訂購，果然過了幾天，他打電話通知，訂購之書已到，我去一看，正是遍找不到的書，甚是高興，乃向他索一紙盒，以便郵寄，他說此事他也可以代辦，拿出磅秤，量了重量之後，立即算出要多少郵資，我付了書費和郵資之後，便問他是否還要付手續費，他說幾十年來爲顧客服務，從未收過手續費。

我認識這位老闆之後，解決了一大問題，以前我替總社或國內朋友們買書，總是要各處奔走，買到了後要帶回辦公室自己包紮，最後去郵局排隊交寄，但現在這一切都免了，只要告訴西蒙先生我要買的書名、作者姓名及出版商的名字，他就會去替我訂購，書到之後，我付了書款和郵資之後，其餘一切都由他代辦，省了我很多的時間與精力。他替我寄的書，皆能收到，表示此人辦事之可靠。此外他寄書的郵資，常比我自己去寄時便宜，我問他原因何在，他說這是因爲我不熟習郵資規定，不知在某種重量時，以何方式投寄最爲經濟。

西蒙先生的主要助手是他的女兒，另雇有兩三個店員，他的女兒是一中年婦女，辦事也很能幹認眞。當我在艦隊街時，每逢午後得閑，總去他的書店逛上半個小時，有新書問世時，他也會提醒我注意，他店中的書多偏重在政治、經濟、法律和新聞方面，小說較少。

退休後的第二年，我因事經過艦隊街，就再到他書店內看看，他見到後就說，很久不見，你也和新聞界其他的人一樣，搬離了這個地區麼？我說我已退休，他說他也早應退休了，只是覺得退休家居，生活反而無聊，繼續工作可以解除寂寞，女兒也同意，所以就繼續

放縱性的社會與講粗話

我們中國人常用來罵人的話是三個字，所以稱之爲三字經，有些人是三字經不離口的，講任何話都以三字經開頭，英國人常用來罵人的話是由四個字母組成，英國人稱之爲Four-Letter Word，我們也可稱之爲四字經。當然，中國的粗話並不只限於三字經，英國人在四字經之外，也還有許多其他的髒話。中國人認爲髒話不宜見諸筆墨，英國人也稱這一類的用語是Unprintable，意思相同。

講髒話來罵人似乎是人類用來發洩情緒的一種本能，人類在開始學講話時，就學會罵人的話。家庭和學校對於一個人的講話習慣，影響尤大。從前英國的中上層社會的家庭和學校，對於如何教導孩子們講話，都是非常重視，因此，他們長大成人之後，對於講話時的措辭用字，都很考究；不輕易講粗話，所以聽英國人講話，就可知道他的家庭和學校的背景。

中上層社會的人，也並非絕對不講粗話，據說上層社會的人，在狩獵時就不免有粗話出口。例如從馬上摔下來，摔得鼻青臉腫之時，或是看來已經到手的獵物突然又逃掉，都會情不自禁的破口大罵；好在這時獵場上人喧、馬嘶；鷹鳴，犬吠，亂成一片，偶然講出的髒話，也不會受到別人的注意。

中層社會上的人講髒話，多是偸偸摸摸，他們都是在沒有人的地方講；聲音也低到別人聽不見。

講粗話最多的是下層社會；也就是工人階級，但工人講粗話也多限於男子，女工不與焉。男工講粗話也有其固定的地方。一是在酒館，當工人們在一起喝酒，喝得酒酣耳熱之際，或是談話時爭得面紅耳赤之時，難免不有四字經或是更髒的話脫口而出。另一講髒話的場所是工廠，工作勞累之時，不免罵上幾句。但工人們不在家中罵人，尤其是避免在婦女或孩子們面前講髒話，這是工人階級的道德規範。但是這一切都已過去，現在不復存在了。

也許有人認爲英國是一個紳士國家，講髒話的人應該很少，這種看法是否正確值得研究，英國是否有過很多紳士也很不易確定，但近年來英國的紳士也像珍禽異獸一樣，越來越少了，並有絕種之虞，而且紳士們也並非是永遠不講粗話的。

在今天的英國，不是那一個階層講粗話，那一個階層不講粗話；而是有些人講，有些人不講，講粗話的人遠比不講粗話的人要多得多，這兩類人各個階層都有，據說雖在皇室也不例外。

現在英國講粗話最多的是中學生。如果在下午放學的時間，在學校附近乘搭公共汽車，你就有機會聽到中學生講各種粗話，花樣百出。初來英國的外國人，還未見得能聽得懂呢！筆者個人就有過這種聽不懂的經驗，曾向一個極熟的英國同業請教，他說這是學生們罵人的話，大人們不宜講，否則有傷大雅。近年來英國有些公立學校的校風日下，毆打老師者有之，搶刼與謀殺者亦時有所聞，甚至有強姦女老師者，講幾句罵人的話，和以上的行爲相比，實在是微不足道。

英國學生講髒話不但在國內有名，據說在國外也是很有名的，至少在歐洲大陸是如此。根據倫敦的新聞報導，有些歐洲大陸的旅館，不肯接待團體旅行的英國學生，就是因爲他們的滿口髒話，容易招致其他旅客的反感。學生未進入社會，其語言習慣已如此不潔，則一般家庭和學校的情況就不難想見了。再由家庭和學校的情況觀之，不難推想到整個社會。

在西方國家中，英國原有一個高度文明的社會，爲何今天會變成這個樣子呢？據說這是由於一九六〇年代出現的一種新風氣，這個風氣的出現與一場訴訟有關。在一九六〇年代初期，某出版公司決定公開發行勞倫斯（David H. Lawrence）所著《查特來夫人的情人》（*Lady Chatterley's Lover*）一書，這是一本相當黃色的小說，有些衛道之士認爲公開發

英國議會中有趣的傳統

英國議會中有很多滑稽有趣的傳統，有一次我在下院旁聽時，曾看到過一幕，那就是經一致通過當選的議長，拒絕就職，而要由原提議的議員上前拖拉，而新議長在被拉向議長寶座時，還不斷的抗拒，這時再經另一議員從旁大力一推，新議長才算坐下。然後他就拿出預先擬就的講稿，發表他的就職演說。

那時我剛到英國不久，看後頗覺莫名其妙。事後我認識的一位資深議員告訴我，這是英國下院一項具有歷史性的傳統，爲時甚久，至少已在百年以上。以前君主專制時代，議長一職相當危險，常有被殺頭的可能，因此被選出的議長，多不肯就職，總是被強迫的推上議長的座位。

現在時過境遷，議長的職位不僅沒有危險，而且是一個極大的榮譽，但新議長就職前要經過一番拉推的習慣，卻依然保存。所不同的是以前的一拉一拒是眞的，而現在則是假戲眞做。英國人傾向保守，議會中留下許多舊習慣，議長就職前的拉拒就是其中之一。

英國議會分爲上下兩院，上院議員都是貴族，所以上院的正式名稱是貴族院（The House of Lords）。貴族中不論是世襲貴族或是終身貴族，都是國王所册封，不是民選，所以上院的議長也不是由選舉產生，而是由首相任命；不過上院的議員是終身職，而議長則是與政府同進退。例如經過一次大選，如果執政黨失敗，首相下臺，上院議長也就一同掛冠，就這一點而言，他是一個政務官，類似一個不管部的部長。

上院議長的身分特殊，除了以議長身分在上院開會時作主席之外，又是英國最高的法官，類似我國最高法院院長。英國訴訟案件最高和最後裁決的地方就是上院。因此，首相選擇的上院議長，也都是在法律界中有輝煌成就的人物。所以英國上院議長既是政客，又是法律界的權威，能兼備這兩種資格的人並不多，因此英國上院議長極受人尊敬。他的薪俸高過首相，他的正式頭銜是 Lord of Chancellor，他還是掌璽大臣（The Keeper of Great Seal）。

下院的議員都是平民，所以下院的正式名稱是平民院（The House of Commons）。貴族是不能競選下院議員的，下院的議長的名稱是 Speaker。他和下院議員一樣，都是經過選舉產生。不過議長要經過兩次選舉，先當選議員，再由議員選舉爲議長。議長人選大都是在事前經過各黨協議，而在協議達成之前，各黨也都廣泛徵詢議員們的意見，所以人選一旦決定，大都可以順利當選，也很少有人出來競爭。過去的議長中，有人曾在政府中擔任過重要職務而再退爲後排議員的，也有人只是資深議員，不論屬於那一類，都必須是才德兼備，受人尊敬的人。

選舉開始時，也都是照事前的約定，由某議員提議，再由另一議員附議，然後由院會選舉，這時當選的議長不肯就職，就由當初提議和附議的議員一拉一推，完成傳統的儀式。

下院的議長雖是由下院議員選舉，但在形式上還是要經過國王的認可。所以在新議長宣誓前，就有一位國王的欽差來到下院，宣召新議長到上院接受國王的聖旨。到達上院之後，上院議長即代表國王，正式宣布國王已認可下院的新議長。這時新議長也照例重申議員們早已獲得而又無可置疑的權利，那就是在開會時可以自由發言，不受逮捕。事畢新議長重返下院，將頭上較小的假髮取下，換上較大的假髮、更換禮服，率領議員們進行宣誓，一切才算完備。

議長必須熟習議事法規，遇事都能超越黨派利益，一秉大公處理，不能偏袒任何一方；他又須身體健康，能長時間的主持會議。英國議會常有夜間開會的習慣，遇有重大問題發生，常常通宵辯論，作主席的必須全神貫注，一連數小時，辛苦可知。

下院除了議長之外，還有三位副議長，也是經過事前磋商後由議員們選出。三位副議長還擔任下院財務委員會主席和第一及第二副主席。議長和副議長都不能參加表決，只有在當主席而又遇到正反兩方的票數相等時，他才能參加表決，以解除僵局。

議長在開會時的權力甚大，所有議員發言，都得先經他認可。議員發言時如果措辭不當，議長可以要求他收回。在英國的議會中，有所謂「非議會語言」（Unparlimentary Language），議員們如果使用這種語言，議長就可立即加以制止。這種語言多涉及人身攻擊，資深議員們都知道那些措辭在議會中是不能使用的。新議員如果不懂成規而犯錯，一經議長指示，只要立即表示願意收回，事情也就過去，當然資深的議員們偶爾也會失言。尤其在爭辯激烈、情緒激動時，有時難免口不擇言，但不論任何議員，聽到議長要求時，都得將不妥的語言收回。英國議會在這一方面的風氣甚好，絕大多數議員都能尊重議長的意見，偶有一二人拒絕議長要求時，議長就可命令他停止開會；停止開會時間的長短視情況的輕重而定，議長並可命令不肯接受指示的議員，立即離開會場，如他再不肯接受，就會命令議會的警衛長強力執行。

議長和副議長的責任在維護下院的傳統與尊嚴。如果他發言，則是代表全體議員發言，而不是代表那一個政黨發言，所以某一政黨的議員當了議長之後，固是該黨的一個榮譽，但在議會表決時，也是一種損失。如果執政黨和反對黨的議員人數相差極大，不是一兩票所能影響，則減少一人關係不大；反之，如果雙方議員人數極爲接近，一票之差可以影響大局，則雙方都不願其議員出任議長。

議長爲了保持其無黨派的超然立場，他必須儘量避免和各黨議員作私人接觸，以免涉嫌與那一黨的議員特別接近。英國下院設有議員專用餐廳、酒館和茶室，那是議員們交換意見和談天的最好社交場合，或是用來招待議員們的客人。這些地方議長都避免光顧，所以議長的生活是相當寂寞的。但這個職位也給他帶來很好的報酬，他有一份比內閣閣員還高的薪水，在議會大廈內，他有一處很舒適的公寓，到處受人尊敬，退休之後，又可獲得一個貴族的爵位，進入上議院。

因爲議長的這種生活方式，首先受到影響的是他的選區內的選民。議長既然出身議員，就有責任照顧他的選民，而要照顧選民時，不但要和選民們經常聯繫，而且要和擔任政府首長職務的議會同仁們保持聯繫，這樣才能替選民們辦事，但這種種聯繫都會影響他超然中立的地位。他只有將他的選區內的事務，委託附近其他選區的議員代爲照顧，據說這是行之已久的一種辦法，這個辦法也爲議會和選民們所接受。

據說在十七世紀末葉，只要政府更動，議長一職即成爲爭奪的對象。那時的議長談不到中立，他只是一個政權的代表，整個十八世紀都如此。到了十九世紀初，有一個名陸色的議長 Speaker John Lawther 樹立了一個中立的模範，使這個職位超然，不介入一般政治活動，流風餘澤一直維持到今天。

在新議長就職時的趣劇不久之後，下院又有所謂高帽子（Top Hat）的新聞。下院另有一項傳統，那就是在表決之前，如有議員提出程序問題，則提議人必須戴上一頂高帽子，下院備有這種高帽子，供議員使用。某次在經過一番激烈的爭辯之後，某議員要提程序問題，卻發現高帽子失踪了，找不到高帽子，只好戴上一頂普通的帽子，有人認爲不合規定又起爭辯。有一位左派議員認爲這項傳統無聊，建議廢除，但缺乏支持。下院可以很容易的再備一頂高帽子，但要廢除歷時百年的傳統，談何容易。

從英國的俱樂部談起

英國的俱樂部在世界上是頗負盛名的，而且具有相當悠久的歷史。據說從十七世紀末期開始，英國就開始有俱樂部了，現在倫敦的俱樂部有百年或兩百年以上歷史的，爲數還不少呢！

英國的俱樂部似乎是以賭場開始，現在倫敦仍有不少賭場都稱爲俱樂部，其中除了有各種賭博的設備之外；另有酒吧、餐廳和咖啡館供會員賭前或賭後使用，也有的還附設旅館，供會員住宿，如花花公子俱樂部（Playboy Club）就是一例。

英國人好賭，除了賭賽馬和賽狗之外，足球比賽也是賭的對象，頭獎獎金特高，英人趨之若鶩。大城市的街頭巷尾都有賭店（Betting shops），供工人們去賭，英國人稱之爲Bookmaker，可以賭賽馬或賽狗，當然富有者不會去這種賭店，而只是光顧號稱俱樂部的大賭場。

雖然很多賭場號稱俱樂部，但並非所有俱樂部都是賭場，實際上賭場俱樂部只是少數，絕大多數的俱樂部都與賭博無關。

俱樂部並非是貴族或上層社會所專有，各個階層皆有其俱樂部，勞工階級也不例外。若干年來，俱樂部不全是以階級分，而是漸漸的以行業分；例如銀行界有銀行俱樂部、新聞界有新聞俱樂部、作家有作家俱樂部，當然某一行業的俱樂部並不是表示某一行業的人都參加，而只是說要參加這個俱樂部，必須是在這個行業工作，例如銀行俱樂部就必須是銀行界的人士才能參加。

倫敦還有些商業性的俱樂部，只設有餐廳和酒吧供會員使用，實際上是變相的餐館，號稱俱樂部，以抬高身分。這種俱樂部參加容易，會費也不太高，艦隊街上就有這種俱樂部；我曾先後應英美同業之邀，光顧過兩個這種俱樂部。邀我去吃飯的朋友曾問我是否有意參加，我謝絕了他們的好意，因為我發現那兩處地方的食物和酒，就品質而言，並不比其他餐館高，但就價錢言也不比其他餐館低，每年要另付一筆會費才能去吃喝，實在不值得。

英國人是很重視俱樂部的，英國之所以有很多俱樂部，與這種心態有關，很多英國人認為能參加一個有名氣的俱樂部，可以提高其社會地位。英國人請客都喜歡去自己的俱樂部，尤其是他的俱樂部具有社會名望時，更不失為一個炫耀自己社會地位的機會。能多參加幾個俱樂部當然更好，不過除非一個人很富有，或是身爲一個機關的主管，公家可以代他付會費，否則一年的會費是很不易負擔的。

各行各業的首腦人物，他們大多屬於英國所謂的上流社會，他們自有他們的特別俱樂部。這種俱樂部之特別不外乎建築宏偉，位於倫敦的最高級地區，內部設備富麗堂皇，食物和飲料也都屬於最高級，所以俱樂部的入會費和年費都高得驚人。一個低收入者，以其全年所得，不見得能擔負得起會費。收取高會費的原因固然是爲了應付龐大的開支，但還有一個附帶的作用，那就是阻止一些不相干的人入會。因爲這一類的俱樂部，都是在社會享有極高的聲望，其會員也多是各界名流，有些人想攀龍附鳳，自然也想參加，藉以抬高自己的身價。把會費定得很高，很多人自然就會望而卻步了。

俱樂部的名氣越大，想參加的當然越多，高會費的政策固然可以阻止一部分人的申請，但英國社會上有錢的人也不少，高會費並不對他們有阻嚇作用，必須另有辦法。一般稍具規模的俱樂部，都設有一個新會員申請審查委員會，凡是想申請參加該俱樂部者，必須先有一老會員提議，並有另一會員附議，然後交委員會審查，審查後即付表決。有些委員會的表決方法極爲特別，既不是投票，也不是舉手表決，而是將一個小球投入一個口袋內，球分黑白兩種，白色表示同意，黑色表示反對，口袋中只要有一個黑球出現，申請就被否決。投球入袋時自然要很祕密，不能讓人看見，這種投球的結果就是委員會的決定，不需要作任何說明或解釋。有人在申請入會前，還會發動一些名人代作遊說活動，但在這種投球表決的方法下，遊說也不易生效。

英文字中的 Blackball（黑球）的意義就是沉默的否決；據說這就是從俱樂部這個表決的習慣演變而來，後來用作動詞，凡人被阻止參與某項社交活動，就用這個字來表達。

英國俱樂部是極具排他性的，一般說來，一個人本身在事業上的成就，並不一定就得到俱樂部尊敬，不但不能因此而容易入會，就是去作客有時也不受歡迎。例如戰後工黨的政治領袖貝文（Aneurin Bevin），曾任外長，是一位名人，在社會上也極受尊敬，某年應邀去某一著名的俱樂部作客，當他走到門前的臺階上時，卻被一個與他政治意見相反的會員踢倒在地。這件事當然引起軒然大波，俱樂部立即開會討論。一般認為踢倒的地方是臺階，被踢的部位是屁股，這都無不妥。貝文的政治意見與這個俱樂部會員們的意見是相左的，他實在不應該去這個俱樂部。但大家也都認為貝文是英王陛下政府中的部長，又是樞密院的委員，踢倒他的行動是對國王大不敬。最後的解決辦法是踢貝文的會員向貝文道歉，並自動向俱樂部辭去會員的資格。

英國的俱樂部在傳統上是不收女性會員的，而且不許女性入內，所以會員一字是 Club

Member，而不是 Clubman，因爲沒有女性會員，會員當然都是男子，不必再加 Man 這個字了。有些俱樂部還有房間可以住宿，如果有會員在家中和太太吵架，不必到客廳睡沙發，而可到自己的俱樂部住幾晚。

英國雖然相當保守，但社會上的風氣仍然在變，也許比較緩慢一點，俱樂部自然要受影響。有些俱樂部先是允許女性可以作爲會員的客人，到餐廳用餐；後來又漸漸的接受女性爲會員，我以前參加的英國記者俱樂部，就是這樣演變的。當其決定接受女會員時，還邀請了英國的皇太后作爲該會的第一位榮譽女會員。不過以上的演變也只是指一部分俱樂部而已，仍有不少歷史悠久、聲譽卓著的俱樂部仍然是以男性會員爲中心，不接受女會員；不過大部分都允許女性可以去作客，只是她們活動的範圍，仍然有相當限制。

有人也許認爲俱樂部是一個談笑風生的地方，有些新的俱樂部也許是這樣，但那些有悠久歷史傳統的俱樂部都是寧靜異常，甚至有一點沉悶。俱樂部也不鼓勵會員們在一起高談闊論，會員們來到俱樂部之後，就到他常坐的地方坐下，除了去餐廳、酒吧或洗手間之外，往往在一個地方坐上數小時。有人在抽菸或看書，也有人根本上是不聲不響的在靜坐，因此有人嘲笑他們是在練印度的瑜伽術。

談到著名俱樂部內的氣氛，有兩個故事值得一提：一是在十八世紀的末葉，英國當時頗為有名的政治領袖佛克斯(Charles J. Fox),在一個名叫布魯克(Brook's)的俱樂部賭博,結果輸得莫名一文,乃退坐一旁,閱讀荷瑞斯(Horace)的詩集,有人問他為何在這個時候讀詩,他說除了讀詩之外,還能做什麼其他的事呢?這說明在俱樂部內,會員們就是遭遇橫逆之事,也應保持良好風度,每人都能這樣,俱樂部內才能保持寧靜祥和的氣氛。這個故事一直在俱樂部流傳,作為對後來會員們的一種啟示。

最近的一個故事,發生在一九七四年,一位英國政界的名人,某日在一個名布道斯(Boodles)的俱樂部用餐,那也是一個和布魯克同樣古老的俱樂部,當他剛開始進餐時,忽然有人來報告,有人在他的家中扔了一個炸彈。他聽後不動聲色,有人問他有何感想,他說他如果在家,就可能被炸中了。講完這句話後,就繼續用餐,不再作任何評論,這故事說明他處變不驚,寧靜如常。這位政治領袖就是迄今仍然健在的前保守黨首相奚斯(Edward Heath),他被稱譽為標準的俱樂部會員。

距有名的皮加德里廣場(Piccadilly Circus)不太遠的地方,有一條街名 Pall Mall。這個街名發音很特別,美國人把它念作 Pell Mell,有的英國人根本聽不懂是指什麼地方,有人聽懂了,就知道這是美國來客。英國人的發音是 Pawl Mawl,你如果把這條街的街名念對了,英國人就會覺得你是老倫敦了。這條街並不長,既無住宅,也少商店,普通人很少去這條街，外國觀光客去白金漢宮看錦衣衛隊換崗的儀式時，也許會經過這條街。這條街上最多的是俱樂部，而且都是歷史悠久，大名鼎鼎的俱樂部，另外還有些有名的俱樂部，也都在這條街的附近。這一片地區就成爲倫敦著名的俱樂部區（Clubland）。這個地區不但寸地寸金，就是有錢也進不去。

爲什麼這樣多俱樂部都聚集在這一個地區呢？英國傳統上也有一個說法，那就爲了往來方便，因爲相距不遠，甲俱樂部的會員可以從容的走到乙俱樂部看朋友，如果下雨，打一把傘走過去也不會濕衣服，如遇大雨，也可以叫計程車把你從一個俱樂部的門口，送到另一個俱樂部的門口。在其他的地區，像這樣近的距離，計程車是不肯接受客人的，計程車司機會告訴你，距離很近，你可以走去，但在「俱樂部區」內，如遇天雨，計程車會同意把你從一個俱樂部門口，送到另一個俱樂部的門口，據說這是一個流行已久的習慣。這些俱樂部的會員都非社會上的泛泛之輩，他們不會虧待計程車司機，計程車司機也就樂意爲他們效勞了。

英國人重視傳統，所以在中上層階級中，一家數代先後讀同一個學校，尤其是著名的私立學校，或是數代先後參加同一著名的俱樂部，都是司空見慣，不足爲異的。有些家庭對於後輩參加俱樂部，還下一番培養的功夫，這個過程也顯示英國中上層社會生活的一部分，相當有趣，値得一談。

一般英國的中上層階級家庭，多在兒子讀完幼稚園後，送他進入一所好的私立學校。從小學到中學，英國大多數的私立學校都比大多數公立學校好，現在尤其是如此。等兒子到十四歲以後，相當於我國的初中二、三年級，家中就利用假期，安排他去餐館午餐。帶他外出的人不是父親，就是叔叔或舅舅，去的地方都是倫敦的大餐館；根據傳統上的習慣，都是去市中心區辛普生（Simpson）大餐廳，那是一家享有國際聲譽的百年老店，以烤牛肉和約克郡布丁二菜最著名。烤牛肉這道菜，每一個西方國家都有，但英國人認爲這是他們的發明。不過辛普生餐館的烤牛肉，確實不錯。約克郡布丁顧名思義就知是道地的英國食物。不過一個在約克郡生長的英國同業告訴我，倫敦的約克郡布丁比他們家鄉做的差遠了。

剛到餐館時，這個男孩子還不免有一點害羞，甚至舉止不安，但等到他和侍者的領班見面之後，一直到他離開爲止，一切都很順利而從容。當時最受侍者們注意的是這位青年人，而不是他作東道主的父親或其他長輩。侍者領班先以最巧妙的方法，向他解釋刀、叉、湯匙、餐巾及酒杯的用法；不久有一位廚師推來一輛四輪小車，車上放有極大一塊烤好的牛肉。在廚師及侍者領班的交相暗示及指導下，這位青年客人很容易的找到那一大塊牛肉上最好的部分，他請廚師在他指定的部位，切下數片，作爲他的午餐。切好之後，由侍者很恭敬的送到他的座位前。這時與這道菜不能配合的酒，侍者會自動替他移開。吃完正餐，侍者又很巧妙的引導他避開那些外表好看的甜食；最後又在沉默的引導下，破題兒第一遭的選了一種著名的飯後酒。餐畢離開時，穿著制服的守門人替他叫來一輛計程車，他的父親或長輩輕輕的在他的耳旁講了幾句話，他付給守門人以適當的小費，守門人向他舉手敬禮，送他們上車。第一次培養工作，就此完成。

整個的過程像是一齣戲，由這個青年的家長和餐館的侍者聯合導演。大餐館的侍者對於這一類的事情，見的極多，經驗豐富，由他們來主導，既巧妙，又自然。在不知內情的外人看來，這個青年在餐館內的表現，無一不適當而高雅，完全合乎上流社會的標準。當然只有少數大餐館中的侍者，才有足夠的經驗和技巧，能幫家長導演這齣戲。他們因此得到更多的小費，歡迎這一類顧客光臨，這種在大餐館用餐的訓練，至少每年一次或兩次，總要經過兩三年之後，才開始去俱樂部。

這個青年開始去俱樂部時，約在十六歲或十七歲左右，已接近成年，他去訪問的總都是他父親或叔叔的俱樂部。而且是位於 Pall Mall 大道上歷史悠久的老俱樂部之一，他是應邀去午餐。這個俱樂部很重視形式，氣氛相當沉悶，可以說是毫無生氣，對於一個十多歲的青年而言，這種氣氛是很可怕的，他知道在這個俱樂部內，某些事可以做，某些事不能做，但一直沒有人告訴他，這些能做或不能做的究竟是那些事情，他只是聽說，一個會員不能買一杯酒請另一個會員來喝。換言之，會員們都是各人買自己的酒，絕不相互請客。

當他走上這個俱樂部的臺階時，他好像是要進入一個非常陌生的教堂似的，他忍不住遠眺一下相距不遠的皮加德里廣場（Piccadilly Circus），那裏車水馬龍，熱鬧已極，和他將要進去的那個靜若古刹的俱樂部，成極顯明的對照。

俱樂部大門旁的一個小房間內，坐著一個守門人，他從玻璃窗內冷冷的看了他一眼，他清理一下自己的喉嚨，然後很細聲的說出他家長的名字，這個守門人立刻滿面笑容的對他說，你一定是某某人了，你的長輩正在等你，他馬上被引進俱樂部，經過幾道門後，進入休息室，見到他的長輩。他進入時是完全受到成人的待遇，昂首濶步的走進去，他不知道這一切都是經過事前的安排。直到後來他自己以會員的身分，邀約他的兒子或姪子來午餐時，他才知道這一切都要經過事前部署的，預告守門人要如何照顧這個來午餐的青年客人。

他見到了他的長輩，也見到他長輩的朋友，最令他驚異的是俱樂部與家中不同；在家中他永遠被視爲是一個小娃娃；也與學校不同，在學校裏他只是一個小男生而已。進了俱樂部後，他好像已經成爲一個會員似的，那些坐在大沙發上看報的會員們，也都並未對他投以奇異的眼光，跟他講話的人也都未把他當作小孩子，以一種老氣橫秋的口吻對他講話。

他的長輩帶他去餐廳，對於上流社會人士用餐的習慣和舉止，他在辛普生等大餐館中，已經有過多次的實習，所以在俱樂部的餐館中，無論是點菜點酒，他都做得從容大方而高雅。現在他要學習的是如何談話了，他很驚異的發現他的長輩在談話時，很少顧忌，他偷偷的看著正在用餐的其他會員們，他們似乎都像聾子一樣，毫不注意他們的談話。餐後他們到休息室休息，坐在那龐大的皮坐椅上，開始慢慢的喝咖啡和白蘭地酒。到了下午三時左右，他離開俱樂部，漫步在 Pall Mall 大道上，他想到他即將進入統治英國的上層社會，不禁有一點飄飄然。

經過這一番嘗試之後，他的家長可能安排另外一個俱樂部，讓他去見識一下，他如果喜歡戲劇，他可能去一個俱樂部，去會見一些已由國王册封爲貴族的名演員，如果他喜愛文學，他也可能去一個俱樂部去見到一些有國際聲譽的作家。這些人在別的地方也許顯得與眾不同，但在俱樂部裏，他們都與其他的會員無異。這個青年就這樣認識了許多上流社會中的人，也讓他們認識他，最後他也變成這個階級中的一分子，英國上層階級的家庭，就是這樣一代又一代的傳承下去。

二次世界大戰以後，各國的社會中都有很大的變動，英國雖也不例外，但顯然幅度較小，至少在戰後最初的二十年中，變動不大。直到一九六〇年代的時候，英國出現了一個放縱性的社會，色情、盜刼、兇殺、吸毒的事件層出不窮，使得一向秩序井然，寧靜安全的英國社會，受到了很大的傷害，但對於舊有的社會階級的存在，並未能發生特別的影響。各個階級的組成分子，自然不免有變，但階層之分，則依然存在。例如一個工人，原屬下層階級，但因他具有特別的工作技能，收入驟增，經濟情況改善，他就遷居到一個中產階級居住的地區，送子女進私立學校讀書，參加一個比較高級的俱樂部，漸漸的他就變成中產階級的一分子了。又如一個中產階級的商人，可能因其經營的事業成功，有助國家的外貿，或是大量捐款給慈善事業，最後國王頒賜爵士的封號，漸漸的他就廁身於上層社會了。

反對階級制度最力的是下層社會，表現最激烈的是一些左派控制的工會，他們反對上層社會，主張廢除議會中的貴族院。可是當幾位著名的左派工會領袖退休時，經當時工黨政府的推薦，國王册封他們爲貴族，並進入貴族院，他們又莫不歡欣若狂。他們穿起類似我們京戲服裝的貴族禮服，拍了很多彩色照片，分贈親友，並穿著貴族禮服，和來訪的客人合影，有人還拜託相識的記者，把他們穿貴族禮服的照片，刊登在報紙上。一般人的心理，莫不希望自己能平步青雲，英國人自然也不例外。表面上厭惡上層社會，但內心又很羨慕，所以階級制度一時不易廢除。

英國階級制度之得以長期存在，與學校的關係也很大。英國的學校也分公立私立，而私立學校成績好的居多。一九六〇年代工黨政府時期，絕大多數的公立中學，都被改爲綜合學校（Comprehensive School），公立學校水準大爲低落，私立學校在英國被稱爲 Private or Independent School，其中歷史悠久而又成績斐然的，則被稱爲 Public School，此處的 Public並不是公立的意思，而是表示對公眾開放。凡是天資和學業成績合格，家長又能負擔得起學費的學生，都可進去，英國的公立學校稱爲 State School。

在私立學校中能稱爲 Public School 的並不多。其中又只有少數是很有名的；又以伊登（Eton）和哈羅（Harrow）在社會的名望最高。這些學校都是中學，但有的則自稱學院（College），我們中國的中學是六年，而英國的中學則是七年，最後的一年相當於我們的大學一年級（英國大學的修業期限視所修科目而不同，一般科目是三年，建築和醫科則要六年到七年）。英國人能在伊登或哈羅畢業，就算是很好的學業背景了，比一個普通的大學還要好。

上述的少數幾個著名的私立學校，學生的水準都很高，學費極貴，而且只收住讀生，伊登和哈羅還重視學生的家世。英國政界名流和其他行業中的上層人物，很多都是從這兩個中學畢業。他們的子弟要想進這兩個標準的貴族學校，自比一般人容易，這些學校不但學費高，其他開支也大。英國的私立學校都重視運動，尤其是各種球類運動，每一運動都有不同的衣帽鞋襪，所以僅是運動服裝，每年的開支就非常可觀，所以要想進這兩個學校，除了本身的條件之外，還要有很好的家世與足夠的經濟支援，否則只有望校門而興歎。

英國有四十多所大學，而最著名者是牛津和劍橋（Oxford and Cambridge），英國人簡稱這兩所大學為牛橋（Oxbridge）。這兩所大學選擇學生的標準極嚴，以前只有那少數著名的私立中學的畢業生，才有希望進入牛津或劍橋，尤其是伊登和哈羅入牛津和劍橋者最多。這兩所中學的學生原都經過嚴格挑選的精英分子，所以申請入牛橋時，比較容易中選。牛橋的畢業生進入社會時，也特別受人重視，政府重要的部門中，牛津和劍橋畢業生的勢力都非常大，外交部一度幾乎全是牛津和劍橋的天下，工商企業界的領導階層，也以出身牛橋者居多，牛津畢業生做過首相者，據說在二十人以上，擔任過內閣閣員的牛橋畢業生，更是不計其數，目前梅傑（John Major）內閣中，出身牛橋者也近半數。

上層社會的人士由於具有特殊的地位和財富，能夠送其子弟進入最好的私立學校（自小學開始），再藉著這種優越的中學背景，進入牛津或劍橋。畢業之後，以受社會重視的身分進入政界、工商界，或是大眾傳播界，都能逐漸的進入領導階層。這種教育制度，使得英國的上層階級能夠逐代的繼續廁身於統治英國的大集團中；不要說是下層社會的勞工階級，就是在中產階級中，也很難有很多人能突破這種教育制度和世俗觀念，走進各行各業的最高層，這是英國階級制度不易打破的另一原因。

一九六〇年代，工黨執政，威爾遜（Harvld Wilson）首相曾透過法律途徑，規定牛津和劍橋兩大學必須接受若干公立中學的畢業生。目前牛津和劍橋兩校的學生中，有若干出身公立學校，這應歸功於工黨政府的德政，這種改變對社會當然有影響，但只是局部的，牛津和劍橋的學生中，仍是以出身著名的私立學校者居多。

再者，世俗的觀念更不是很快的可以改變，政府機構也許可以決定不能偏重於牛津劍橋的畢業生，但是大的工商企業可以自作決定，牛津劍橋的畢業生仍是受到較多的重視，就是同樣出身於牛津和劍橋的畢業生，那些具有伊登或哈羅中學背景的人，也還是要佔一點便宜，所以傳統的影響有改變，但不大。上層階級的勢力削減了，但並未完全喪失，他們在統治英國的那個大集團中，仍是很重要的一分力量。

以前那種培養青少年進入上流社會俱樂部的方式，現在也許不像以前那樣流行，但也並未絕跡。儘管有許多新式俱樂部出現，但是最受社會上重視的仍是位於 Pall Mall 大道上的那些古老的俱樂部，他們仍是我行我素的保持他們的傳統作風，他們的會員中有很多仍是各行各業中知名之士，這種俱樂部一時也不會從英國社會上消失。

英國上流社會中的人，很注意一些小事，特別是關於男性的外表，例如西裝外衣領子的寬窄，背心上鈕扣的多少，頭髮的長短，鞋襪的設計和顏色，這些事都有一些規則，青年必須遵守，否則他們就會被排斥於上流社會的社交圈子之外了。上層社會人士對於衣服上細節的重視，有一點近乎女性化了，在十九世紀初，英國有一人名布魯麥爾(Beau Brummell)，以服飾風度聞名全國，自他之後，英國上層社會中的人士也都重視服裝。他們有一些莫名其妙的規則，例如西服背心的鈕扣，最後一個鈕扣是不能扣上的，沒有人知道原因何在，後來有人傳說，這是伊登或哈羅畢業生間一個聯絡的暗號。另有一個規則是襯衫的袖子上必須佩帶袖扣，不能在袖口上釘上普通的扣子，頭髮也要剪成他們規定的那種奇怪的樣子，這一切在過去都是很重要的，現在自然不會再普遍的遵守，但也並未失傳。

在像英國這樣一個保守成性的國家中，其傳統無論是好或是壞，都是可能改換的；但要費相當時間，要想迅速的一筆勾銷，除非發生俄國式的革命，否則是很難想像的，而在英國要發生俄國式的革命，也是很難想像的。

英格蘭與聯合王國

我們習慣上所稱的英國，是英格蘭（England）的簡稱，英格蘭曾經是一個王國，但現在只是一個地理上的名詞，它和威爾斯及蘇格蘭一樣，同爲不列顛島的一部分，三者合稱不列顛，或是大不列顛。加上北愛爾蘭，就形成了大不列顛和北愛爾蘭聯合王國（The United Kingdom of Great Britain & Northern Ireland），或者簡稱聯合王國，這才是我們心目中所指的英國。

不列顛是不列顛羣島中最大的一個島，也是歐洲最大的一個島，由英吉利海峽和北海將它與歐洲大陸分開。北愛爾蘭位於愛爾蘭島之北，愛爾蘭島也屬於不列顛羣島，其面積僅次於不列顛島。

愛爾蘭在十六世紀末及十七世紀初，爲英國征服，成爲英國的屬地。一八〇一年與不列顛合併，一九二二年南部愛爾蘭的二十六州獨立，自稱自由邦，一九四九年改稱愛爾蘭共和國。北部愛爾蘭的六州則繼續與不列顛聯合，成爲聯合王國的一部分。

聯合王國的四個地區並沒有一個共同的名稱，例如在中國，在中央政府之下的地方單位稱省。在美國，聯邦政府之下的地方單位稱州，但聯合王國中並沒有這種共同的名稱，英格蘭和蘇格蘭都曾爲王國，但現在只是一個地區，沒有什麼政治名稱。威爾斯是舊時的一個公國，但自十六世紀與英格蘭合併，政治形態淡薄，只靠保持威爾斯的語言文字，以標示其文化上的獨立。北愛爾蘭原是愛爾蘭島上厄斯特省（Ulster）的大部分，所以有人稱之爲省。

聯合王國沒有成文憲法，很多典章制度都是靠習慣累積而成。所以在很多方面，缺乏一個可以同時適用四個地區的制度，聯合王國雖是一個單一的國家，不是什麼聯邦或邦聯，而且也是一個中央集權的政府，但是威爾斯、蘇格蘭和北愛爾蘭，都各保持相當大的地方獨立性，尤其是在法律、社會、教育、文化方面，地方性的色彩都很濃厚。

在以上的四個地區中，英格蘭的經濟最繁榮，地區面積最大，人口最多，所以在實行議會制度的聯合王國議會中，英格蘭選出的議員也最多，因此英格蘭在聯合王國中一枝獨秀，在各方面都居領導地位，我們常把英格蘭當作聯合王國，可能與它所居的特殊地位有關。

在其他三個地區中，北愛爾蘭對倫敦的向心力最強。原因有二：一是北愛爾蘭居民，大多是當年蘇格蘭移民的後裔，與南部愛爾蘭的居民並不屬於同一種族。二是北愛爾蘭居民多數爲新教徒，愛爾蘭共和國則全屬天主教徒，前者深恐一旦南北合併，他們在宗教上將受歧視。

蘇格蘭和威爾斯兩地都各有若干民族主義分子，傾向獨立，各自認爲他們的地區仍是一個國家，所以在這四個地區舉行球類比賽時，常稱之爲國際比賽。但他們既無全國性的政府，也不能頒發護照，更不是聯合國的會員，何能稱爲國家，也只有在球類比賽時，稱之爲國際比賽，稍稍滿足若干人的一點獨立願望，其實於法無據。

蘇格蘭原是一個王國，一六〇三年，蘇格蘭王朝與英格蘭的王朝合併，兩地由一個國王統治，一七〇七年兩國的議會也合而爲一，成立聯合王國。但兩者的關係並不十分和諧。一九七〇年代，北海發現石油，民族主義者更趨積極，在一九七四年的大選中，蘇格蘭的國民黨在聯合王國的議會中，取得了十一個議席，得到全部選票的三分之一。

威爾斯要求與英格蘭分離的呼聲，一直較弱，威爾斯是在一五三五年的聯合法（Aet of Union 1535）中喪失其政治地位，但因其保持了威爾斯的語言文字，所以獨立的文化形態得以維持，威爾斯的民族主義分子，也在一九七四年的大選中，在聯合王國的議會中，得到三個議席。

一九六〇年代末期開始，因倫敦政府的政績欠佳，蘇格蘭和威爾斯兩地就有很多人因失望而感到不滿。兩地的工業漸趨沒落，人才外流。倫敦當局爲了研究憲法而成立的一個委員會，乃對兩地情況加以研究，一九七三年提出報告，報告中否決了聯邦主義，但是贊成採用「代表制」（Devolution）——將中央政府若干權力，交付地方議會代表執行，但最後的控制權仍在倫敦的議會。

一九七七年工黨政府接受「代表制」的建議，乃草擬法案，允許蘇格蘭和威爾斯各自成立地方議會（Assembly）。北愛爾蘭因與不列顛的特別憲政關係，所以不包括在內，英格蘭缺乏要求自治的呼聲，所以也不在內。

一九七九年三月，此一法案交付兩地選民表決。投票結果顯示蘇格蘭人贊成「代表制」，但人數不夠多，贊成雖有百分之五十一，但與另一規定不符。那就是合格的選民中必須有百分之四十的人贊成，而這次投票贊成的百分之五十一的人，並不等於合格選民的百分之四十。威爾斯人則以四比一的多數，否決了「代表制」的法案。當年五月，反對「代表制」的保守黨在大選中獲勝，「代表制」的議案就從此被擱置了。

北愛爾蘭原來的獨立地位最強，聯合王國在北愛爾蘭設有總督，但北愛爾蘭有其自己的議會和首相，還有自己的文官制度。後因北愛爾蘭發生宗教糾紛，倫敦當局爲了平息衝突，乃於一九七二年實行直接統治，北愛爾蘭的議會和政府均被取銷，同時並任命一北愛爾蘭事務部部長，以代替總督。

聯合王國的政府中，有三個很特殊的部長：一是北愛爾蘭事務部長，二是威爾斯事務部長，三是蘇格蘭事務部長，但並沒有英格蘭事務部長，這種情況說明前三個地區的地位特殊，也可以說是英格蘭的地位特殊。

以上三部長都是政務官，也都是議員，但不一定是要來自其主管的地區。事實上北愛爾蘭事務部長絕不能來自北愛爾蘭，否則他不是天主教徒，就是新教徒，兩者都會有人反對。這三個部長負責治理這三個地區，支配各該地區內有關學校、道路、房屋、健康、農業和工業發展各方面的經費。

至於英格蘭在這些方面的經費，則由中央政府下各有關部會，直接調配。

雖然代表制的建議，後來一再在公民投票中被否決，但民族主義的運動，也迄未完全消失。不過威爾斯和蘇格蘭是各走不同的發展途徑。

威爾斯的民族主義者在一再受挫後，乃轉變策略，要求在當地的電視臺，開設一個威爾斯語言的頻道。保守黨當局一度承諾接受此一要求，後來因費用過高而遲遲未能實現。威爾斯民族主義分子聲言將絕食抗議。保守黨政府迫不得已，乃在威爾斯電視臺，開設第四頻道，每週播送二十小時的威爾斯語的節目。

第四頻道每年的費用是二千五百萬鎊，但威爾斯居民中只有十分之一能講威爾斯語，所以第四頻道的觀衆甚少。但政府認爲爲了保持威爾斯的民族主義分子不從事暴力活動，這個代價是必需要付的。

代表制的呼聲在威爾斯早已消失殆盡，民族主義分子已放棄了完全獨立和加入聯合國的企圖，現在只努力爭取延長威爾斯語節目播送的時間，威爾斯和蘇格蘭的民族主義在以後的各次大選中，都居下風。

蘇格蘭很多人認爲完全脫離不列顚而獨立，是不合實際的，他們要求的是地方自治，另定課稅政策，由地方設計區域性政策，以吸引投資，蘇格蘭已有它自己的教育和法律制度。

倫敦認爲北愛爾蘭和蘇格蘭及威爾斯都不同，北愛爾蘭需要一個忠誠的政府，但各種嘗試，都未能成功，問題是如何保護北愛爾蘭境內少數天主教徒的利益，因爲在短期之內，新教徒仍將是大多數，倫敦當局嘗試制定一個方式，保障天主教徒在當地政府中有一部分權力，但迄未能得到新教徒的合作。所以後來雖然又設置了一個議會 Assembly ，但有名無實，沒有任何權力，只是一個備諮詢的機構。北愛爾蘭的情勢一直動盪不安，槍殺和爆炸事件仍在繼續不斷的發生，這是聯合王國內政上最不易解決的問題。

英國社會上的下流羣

英國素以有階級觀念而著名；且歷時甚久，現任首相梅傑（John Major）曾提倡建立一個無階級的社會（Classless Society），用意良好，惜乎階級觀念已經深入人心，要想一舉掃除，殊非易事。現在舊的觀念未能消除，社會上又出現了一個新的階層，初名「最下層階級」（Underclass），意思是說它還在下層階級之下，實際上這個新階層的組成分子，也以來自下層社會者居多，現在這個新階層又被稱為「下流羣」（The Rabble）。

這兩個名稱都是美國社會學家墨斐（Charles Murphy）所使用。墨斐曾經發現，從一九六〇年代開始，美國的那個貧窮但仍勤勞工作的下層社會，已開始瓦解了。家庭制度崩潰，青少年逃學、吸毒、犯罪、流離失所；並養育許多私生子女，墨斐稱他們為最下層階級。他們對於社會上居主流地位的其他階層，都具有日益加深的敵意，不管政府花多少錢，一般的普通社會政策，對於這個新族羣的出現和擴展，都無力加以阻止。

約在十年前，墨斐曾經著書，檢討一九五〇年到一九八〇年間，美國社會政策的失敗，引起各方注意。自此以後，他在美國社會政策制定的過程中，成爲最有影響力的人士之一，他的意見也常引起爭議，但是由於美國最下層階級的迅速擴張，他的意見也日受重視，連政治上的一些左派人士也漸同意他的一些看法，他的聲譽日隆。

一九八九年，他應《星期天泰晤士報》之邀來英，研究英國的社會情況，他發現英國也正有一個美式的最下層階級的出現。美國社會上的那一幕劇正在英國重演，只是遲了十年到二十年，他的意見當時曾受到許多英國文化界和學術界人士的批評，左派人士甚至認爲他別有用心。

一九九四年他再度應《星期天泰晤士報》之邀，來英訪問，他提出報告說，五年前有關英國最下層階級的統計數字，已足令人憂慮，現在的情況則較前更爲惡化。他稱這個日益擴大的新階層爲「下流羣」。他說下流羣的特徵是貧窮、犯罪、吸毒、靠社會福利爲生；養育私生子女，家庭制度則蕩然無存。

從一九八七年他首次訪英時起，到一九九二年之間，英國社會上犯罪率增加了百分之四十二，在英國被小偷光顧的機會，兩倍於美國，暴力事件增加了百分之四十。在一九八七年，私生子女佔百分之二十三，到了一九九二年，則增加到百分之三十一。在一九八七年至一九九二年之間，處在工作年齡而不願尋覓工作的人，則從百分之十增加到百分之十三。

與這個社會情況惡化同時發生的，則是公眾情緒上的改變，雖然很多知識分子，尤其是學術界人士，仍然堅認犯罪率和單身母親人數的增加，只是一個令人驚恐的道德問題，但社會其他方面的人士，都對此一情勢有明顯的關切。

墨斐指出在一九九三年的七月，威爾斯事務部部長瑞德伍（John Redwood）就曾把私生子的問題，提出作公開的辯論。他初抵倫敦的那一天，發現BBC電視上有一節目，對於單身母親作了一些不太同情的描述。同時BBC的新聞報導中，也有一個一連五天的節目，檢討英國社會上的犯罪問題。這和五年前同樣的節目大不相同，已不再自動的假定，一切都是出於公眾的幻想。

墨斐自己也曾訪問過商人、研究人員、店員、計程車司機、社會工作者、法官、記者和內閣的閣員們，他發現這些人對於社會犯罪活動和私生子女問題，都非常重視。

不過無論是五年以前，或是現在，對於如何解決這個問題，迄未能找到一個大家一致的意見。當然，犯罪是一件很壞的事，但是把犯者關進監獄，也並未能解決問題。福利制度的代價確實是很高的，但是削減福利金豈不是把一些婦女和兒童送進窮困之境。如果是根本沒有工作機會，又何能責難那些失業的人不工作呢？

在另一方面，中上層階級的情況，比大多數人想像者爲佳，他們重新發現婚姻上的傳統價值，也重新發現貞操、勇氣、忠貞、自制、溫和以及其他人類美德的可貴處，這些美德的名稱，一直到最近才敢公開的談論。墨斐認爲這個維多利亞時代式的中層階級，將在英國生根。

墨斐相信引發很多問題的有一個主要的關鍵，那就是單身母親不斷的增加生育。現在下流羣的組成分子，很多都是一九六〇年代以來的私生子，現在英國的私生率已由一九八〇年代末期的每四人中有一人，增加到一九九二年的每三人中有一人，如果此一趨勢不變，到了本世紀末，可能增至每二人中有一人。未來的下流羣，將因這一批私生子的成長和加入，而變得更爲聲勢浩大。

在單親家庭中生長的孩子，大都不甚正常，因爲人類都要經過一番教化過程（Civilizing Process），才能成人，這種過程從兒童時開始，經過家庭學校相繼薰陶，一直到結婚才告完成。但這種教化過程，只有在雙親家庭制度的社會中才能實現，在單親的家庭中是難以實現的。凡是未經過這種教化過程的孩子們，都顯得粗暴和野蠻。

英國很多社會學家都曾表示，在沒有父親這個角色的單親家庭中，孩子們的教養是受到不良的影響的，將來對於社會是一種災害。早期的警告是來自右派的社會學家，因此頗受一些社會政策專家的批評，但不久極受尊敬的左派社會學家海爾塞教授（Professor A. H. Halsey）也公開發言，指出單親家庭的危險。繼他之後，兩位新堡大學（University of Newcastle）的學者丹尼斯（Norman Dannis）和艾杜斯（George Erdos）聯合提出一篇論文，題目是「沒有父親的家庭」，他們的論點也受到攻擊，批評他們的人說，一切都應歸咎於貧窮，不是家庭結構的問題。

英國社會上仍在爲這個問題爭辯不休。英國社會上的不良的後果只是剛剛開始，英國對於單親家庭影響的研究，只是根據一九六〇和一九七〇年代私生子的統計數字，目前下層社會內的私生兒童年齡都還很小，等到他們都成年之後，又會發生什麼情況呢？美國學術界已經看到了種種後果，所以他們不再爲單親制度是否要付很大的社會代價一事來爭辯。英國不久也會同樣的獲得一致的意見，因爲單親家庭對兒童不良，對社會有害，是一個很明顯的事實。

單身的母親們都住在地方政府配給的市民住宅大樓，這些大多是新建的大樓，包括數以百計的公寓，都變成私生孩子們的集合中心，他們稍長就開始逃學、吸毒、偷盜、搶刼，並繼續製造下一代私生子，他們都是仰賴社會福利爲生。

英國人在討論有關私生子問題時，只有一個模糊不清的印象，總以爲這和歷史上發生過的其他事件一樣，英國最後總會能夠不太困難的加以克服。這個想法不合實際，因爲英國從未遭遇過這樣一個問題，即令私生率不增加，現在的統計數字，已是令人驚愕，何況這種出生率一定會繼續上升，即令不是重視傳統的人，也會爲此一現象擔憂。

追本溯源，私生子問題的日益嚴重，主要是由於單身母親的增加，單身母親多屬下層勞工階級。這不僅發生在像倫敦、曼徹斯特（Manchester）和利物浦（Liverpool）等大城市內的沒落地區，而在全國各地勞工階級地區內，也都有類似的現象，貧窮當然是家庭制度崩潰的一大主要原因；但過去的勞工階級也很貧窮，仍能維持雙親制度的家庭，何以現在竟崩潰呢？

有人認爲家庭制度的變更，是受現代化生活形態的影響，諸如現代生活步調的快速，宗教影響的消失，都市生活的繁瑣等，都足以引起離婚率的增加和結婚率的減少，但是這種靠觀察推斷的關係，並不如常情所想像的明確。

墨斐特別注意一五〇〇年直到現在期間的歷史，他指出從一八五〇年到一九〇〇年的這一段期間，很難找出一段時間或是一個地方，在工業化和都市化這兩方面，都能比維多利亞時代更迅速或更廣泛的現象。然而在那個時代，私生率下降，犯罪率也下降。維多利亞時代的中產階級，很高明的宣揚他們的價值觀念，克服了現代化帶來的破壞性的影響。所以說私生子和離婚是現代化生活中不可避免的一部分，也是有問題的。這種情形在下層社會中，也許是難以避免的，但不適用於中上層社會。根據統計數字，能保持家庭制度的並不限於舊的農村社會，受過高等教育和富有的階級中也是如此。

家庭制度的崩潰，也不限於黑人社會，全國各地的勞工階級中皆是如此，有人認爲富有者結婚很快，離婚也快，但事實並不如此；勞工階級中的離婚率，高過中上層階級。同時根據有關個別的資料，英國的未婚母親，不論是在教育方面，或是收入方面，都比結婚的母親爲低，在蘇格蘭所作的一次調查顯示：在貧窮的地區，十幾歲就懷孕的少女，五倍於富有地區的少女。

婚姻制度有時不免受到破壞。在過去的二十五年中，婚姻制度受到來自兩方面的打擊，一是文化方面，一是經濟方面。在文化方面，婚姻制度受到鄙視，在經濟方面，稅法和福利制度，都使單身者得到比結婚者爲多的優惠。對於中上層階級而言，在經濟方面的影響，並不太重要；但在文化方面的攻擊，卻造成了損害。在一九七〇年代和一九八〇年代，婚姻制度中的中心觀念，諸如貞操、持久和責任等，都不再受重視；並且常常受到明顯的鄙視。

文化方面的衝擊是短期的，因爲一些社會學家們對於婚姻制度的攻擊，都與事實不符。他們所說婚姻是被脅迫的、被利用的，而且是毫無快樂可言的，都非事實。配偶中也確有受虐待的，但並不常見，嚴格的離婚法曾使若干人陷於不快樂婚姻的苦惱中，但英國在一九六九年制定婚姻改革法之前，也並不是家家都在愁苦之中。一個有美滿婚姻的人，深知其可貴之處，並不是任何其他東西可以代替的。隨著時間的前進，文化方面對於婚姻制度的攻擊，逐漸失勢，並將繼續如此，原因是攻擊者的想法，完全錯誤。

此外，約束性行爲的觀念，也將在社會上捲土重來，有關性行爲的道德律，也和鐘擺一樣，在移向一個方向的極端之後，又會轉向一個相反的方向，性的道德律亦復如此；在極端放縱之後，又會轉向極度的嚴格，英國的歷史上，不乏這一類的例證。

再就經濟方面而言，稅法和福利制度，對於下層階級的家庭結構有很大影響。墨斐曾親到北部的利物浦市作過一番調查，他遇見一個名史凱利的英國人。此人有一女友，已替他生了兩個孩子，但兩人並未結婚，女方每月領到生活津貼三百二十鎊，兒童福利金八十鎊，有一所地方政府免費配給的公寓，代購的家具等。孩子們入學時，政府還要爲他們供應免費的午餐，並代購制服。史凱利自已每月領失業救濟金一百七十六鎊，房租津貼一百鎊，加上其他零星項目的福利金，兩人每月可領到現金九百至一千鎊，兩人都不納稅。

史凱利並不和女友住在一起，只是在週末回來看看，他從週一到週五在伯明罕市打工，另有收入，但週末卻到利物浦來領失業救濟。在這種情況下，他不可能找到能使他過得更好工作。他告訴墨斐，他所認識的人都是像他這樣生活，只有他母親例外，她在工作，既不領失業救濟，還要納稅。

墨斐還遇見一對誠實的青年男女，男孩子在工作，女友懷孕了，兩人都想到結婚，當然要先考慮經濟問題，兩人對稅法和福利制度加以研究，發現結婚比不結婚每週的收入要少六十四鎊。對富有者而言，這是一個小數目，但對於一個青年工人而言，這樣一筆錢影響生活，所以他們只有決定不結婚了。

墨斐認爲英國目前的稅法和福利制度，等於是鼓勵女子去做單身母親，而不要結婚。同時對於結婚的婦女，也等於是一種懲罰。在這種情況下又如何能阻止單身母親的增加呢？又如何能阻止私生子的增加呢？

今後社會福利的預算必將大量的增加，這不僅是爲了應付單身母親和她們的子女的福利，也是爲了應付司法方面爲了青年男子犯罪而增加的經費，此外還要照顧被遺棄和虐待的兒童以及吸毒犯等。

英國也和其他西方民主國家一樣，正面臨一種新的情勢，那就是就經濟情況而言，英國已不可能實行一個慷慨的單身母親的福利制度而不引起強烈的反應，負擔這些費用的納稅人，早已忿忿不平，現在逐漸對這些消耗者感到鄙視和憤慨，要求削減福利經費的壓力將極具爆炸性。

充分就業當然重要，也有利於婚姻制度。但根據一九八〇年代的統計數字，就業情況的改善，並不一定就能減少私生子的數字。墨斐說有一件事現在和過去都是相同的，那就是當一個青年人既要謀生，又想養育子女，大家都知道一個人不易勝任，如由兩個人共同負擔，就會比較容易，世界各地一直就是如此。等到政府一干預，情況就發生變化，所以政府應停止干預，讓經濟法則自然運行。

墨斐建議福利制度應加改革，使單身母親的所得，不要超過結婚的母親。在相同的情況下，在生活津貼和家庭福利方面，結婚的母親和單身母親應受同等待遇。但是新辦法如果是增加結婚的母親的待遇，而不是減少單身母親的待遇；則新的開支將極爲龐大，英國是否有能力負擔，殊有疑問。

墨斐建議的另一辦法，是繼續以福利金給予現在的單身母親，但對於未來的單身母親，不再給予福利，實施這個辦法需要極大的政治勇氣和魄力。如果這兩者都不克實行，則可考慮恢復一九六〇年代初期的福利制度，那時的福利制度比較簡單，今天的種種問題，都是後來加添的福利制度的後果。

墨斐說政府對人民的生活應提供保護，但也有一先決條件，那就是人民對其自願行爲的後果，必須負起責任。在一九九四年的今天，懷孕和生孩子，都是一種自願行爲。

墨斐說今後對英國關係重大的，不是社會福利項下能節省多少錢，也不是如何改善道德環境，而是一個自由制度和一個文明社會能否存在的問題。

《星期天泰晤士報》在其社評中說，英國社會正發生變化，政府未能認識這個問題，更談不到採取行動。財相克拉克（Kenneth Clarke）說福利制度阻止了美式的最下層社會在英國出現，實在是一莫大的錯誤。正因爲英國有一福利制度，又被濫用，結果才有一個最下層的階級出現。墨斐的報告已分析得很清楚。

該報警告英國的公眾說，英國將步美國社會的後塵，一方面最下層階級聚居在與外人隔絕的市民公寓大樓，造成犯罪、吸毒、遺棄或虐待兒童等問題。另一方面，中產階級則移向重門深鎖的社區，雇用私人保鏢，維護安全，使兩者之間的鴻溝日深。這將是英政府所面臨的最大和最長期的挑戰，「我們如對此忽視，將自食其果。」

同時，該報的專欄作家克里納（Peter Keliner）則撰長文爲最下層階級辯護。他說這些人都是受害人，應該對目前社會上種種情況負責的是一個超上層社會（Overclass），克里納認爲凡是言論和行動，對於一個文明社會的塑造具有影響力的人，都要對社會現況負責。

根據克里納的意見，所有政府中的決策人士，工商界、文化界、學術界、大眾媒體、法官和律師等等，都包括在內，這個超上層階級現在仍然控制著英國國民的生活形態。控制也出諸各種不同的形式，要看這個階層中的那一派和他們的主張得勢。

在過去的十五年中，他們是來自主張自由市場的右派，克里納認爲不能把一切都歸咎於柴契爾夫人，她若不是代表超上層階級中的大多數人發言，她也不可能上升如此之快，當權如此之久，那些人都同意她的主張；削減收入高者的所得稅，減少社會安全福利，廢除市民住宅的補貼，並實行各種造成大批失業的政策。

這些演變的結果是使得社會上的不平等有顯著的增加，而這些不平等又衍生了許多社會問題，特別是八〇年代出現了墨斐所說的最下層階級。克里納說這種人在歐洲大陸稱之爲被排拒的階級（The Excluded），較爲正確，他們貧窮，缺乏謀生技能，也缺乏就業機會。

克里納並引述公共政策研究會（The Institute for Public Policy Research）研究員格陵（Andrew Glyn）和米里班（David Milibank）合著之書《不平等的代價》（*Paying for Inequality*），指出日本、瑞典、德國和荷蘭等，若和英國、澳大利及美國相比，則前者社會較平等，因之其生產力的增加較大，也較持久，大城市亦較安全，死亡率較低。克里納說，失業的社會要付出特別的代價，因爲這種社會壓抑了有才能的人，引起憤怒，破壞了社會的和諧。克里納是一左派作家，他也頗能代表目前社會一派人的想法。

英國仍在爲此一問題爭辯不休，現在社會上種種現象，是過去四十年來種種政策累積的結果，要想解決，自非一蹴可幾。而且在大多數人形成共識之前，任何政黨執政，都不可能採取激烈改革措施。而共識的形成，需要更多的時間，更多社會不安的證據。換言之，社會上要付出更多的代價。這就是民主政治的特徵。

民主政治有許多優點，但也不是毫無缺點，據說邱吉爾曾有一句名言，他說民主政治是一種很壞的政治制服，但又沒有其他制度比民主政治更好。

英國的煙火節

一九六六年春來英，初居倫敦北郊，租了一位郭則欽先生的樓下房子暫住，每天乘地下火車到艦隊街去工作。十一月初的某日早晨，我走進車站，發現一羣十歲左右的小孩子，推著一輛嬰兒車，車內放了一個很大的布娃娃，迎著進入車站的人伸手要錢，口中不斷的念著：「給老麠幾文錢罷！」(Penny for the Guy)，旅客們也大多給他們一兩個銅板（便士的硬幣是銅質），孩子們也就欣然雀躍而去。

我正在觀望時，忽有一個八九歲的小女孩，走到我的面前，向我說道：「先生，給老麠幾文錢罷！」我一看這小孩碧眼金髮，十分可愛。向口袋一摸，我的零錢中沒有便士，最小的是一先令（當時合十二便士），既然已經掏出，不好意思再放回去，就給了這小孩一個先令，她睜著大眼睛，向我道謝一聲，然後向她的朋友們跑去，口中大喊道：「一先令，一先令。」其他的小孩們也都歡呼道：「一先令，一先令！」

我走進車站內的月臺去候車，心中不禁想到，一先令能使一大羣孩子們高興，實在很值得。至於那羣孩子們在玩什麼把戲，老鼈又是誰，我都莫名其妙，到了辦公室，忙著工作，就忘了這件事。

晚間回到住處，照例和居停主人郭先生閑談片刻，郭先生曾在使館任職，當時已退休，爲人極爲和善，我向他問到此事，他說每年十一月五日，英國的小孩子都在後園放煙火，可稱之爲煙火節。在這個節日的前一兩天，他們常聚集車站，向人要錢買煙火，給他們一兩個銅板就可以了，嬰兒車中的布人，就是老鼈，其他的細情，他也不太清楚。再向其他在英居住很久的中國人詢問，情形也是一樣，大家都知道每年十一月五日，有這麼一回事，細情也就無人過問了。

過了一天，報紙上刊出有關此事的新聞，但要點是在提醒一般父母，在孩子們放煙火時，要有大人在一旁照料，因爲過去幾年，都有孩子們在放煙火時被灼傷，有人還傷得很重。新聞中對於放煙火的背景，沒有交代，英國報紙和美國報紙不同，對於新聞背景很少解釋，但從新聞報導中，我也知道這一天有一個名稱，它叫「鼈・弗克斯節」（Guy Fawkes Day）。

有了這一點線索，我就利用午餐時的一點空暇，到艦隊街上的圖書館去找資料，終於找出了原委。原來在十七世紀初葉，英國的宗教衝突仍然很嚴重，天主教一派的人士想謀殺英王詹姆斯一世（King James I），乃在議會的地窖中安放火藥，計畫於一六〇六年的十一月五日，國王主持議會開幕時，將議會炸毀。但事前機密洩露，擔任爆炸的「蓋・弗克斯」被捕，受盡酷刑，最後被處死。

此事發生後，議會通過法案，規定每年十一月五日，公眾應有感恩表示，以感謝上帝的保佑。於是每年的這一天，君民聯合舉行慶祝。直到十九世紀初，這一天的正式名稱還是「火藥叛國日」（Gunpowder Treason Day）。

據說這種慶祝活動，後來漸漸的變質。到了十八世紀的末期，每逢此日，很多年輕人喝得酩酊大醉，帶上假面具，到處尋仇起釁，極爲社會上所詬病。到了十九世紀初期，當局對此種酗酒滋事的行爲，嚴加制止。十一月五日的慶祝活動，就逐漸消失，無論大人或小孩，都對此失去興趣，只有少數中產階級的人，每到此日，還有他們自己的活動。

到了維多利亞王朝的末期，十一月五日放煙火的舊習慣又恢復了。不過這種活動都是由各種社團主辦，不再是由那些酗酒尋釁的不良分子來主導了，於是十一月五日放煙火，又成爲每個家庭中一年一度的正常活動了。小孩子們除了向父母要錢買煙火之外，還到像車站這種人多的地方，向別人要錢，因爲每年只此一次，要求又不多，所以大家也都肯慷慨解囊。

倫敦郊外的住宅，大都是兩層樓的房子，前後各有一園，後園較大，放煙火都在後園。十一月五日那一天，天色一黑，空中即不斷有煙火出現，我的住處也有一個不小的後花園，但居停主人只有一子，已進中學，功課繁忙，已無暇來放煙火了。只有郭先生陪我在後園觀賞，我們前後左右鄰居的後園中，都不斷的有煙火上升，五顏六色，十分美觀，類似爆竹的聲音也不絕於耳，直到午夜，才漸漸的寧靜下來。這種景象頗像我們中國舊曆年的除夕夜，或是元宵節，我向居停主人談起，他也有同感。可是海天遙隔，翹首故國河山，我們都不禁黯然良久，傷感有不能自已者。

在六〇年代，甚至在七〇年代，放煙火都是在十一月五日那一天的晚上，就是偶爾有小孩將五日晚未放完的煙火在六日晚上放，時間也很短。現在的情況不同了，往往在十月底就有人放煙火，常常連續到一週以上，深更半夜，擾人清夢。以前遇有這種情況，警察還會干預，現在警察要管的事太多，已無聊過問這一類的事情了；就是送到法庭，也很少處罰。英國正面臨一個放縱性的社會（Permissive Society），家庭、學校、社會都已失去常規和秩序，現在放煙火的已很少十歲左右的兒童了，而代之以十七八歲的青少年。他們中有人一面在前園放煙火（以前都是在後園放煙火，前園臨街，容易灼傷過路行人），一面大喝啤酒，看了這種情況，不禁想到十八世紀時，每到這一天就有不少酗酒鬧事的人，難道歷史還會重演麼？誰知道呢？

以下是有關這個故事的兩首民謠，錄之以供有興趣者一閱。

Penny for the guy,
Hit him in the eye,
Stick him up a lamp-post
And there let him die.

Remember, remember, the fifth of November,
Gunpowder, Treason and Plot,
I see no reason why gunpowder,
treason should ever be forgot.

鄭天錫福壽全歸

我在中學讀書時，即聞鄭茀庭（天錫）先生之名。當時他是國際常設法庭的法官，中國人能榮任這個職務的不多，在他之前只有王寵惠先生一人，所以我雖是中學生，也知其名。後來他出任我國駐英大使，經常爲新聞報導的對象，名氣當然更大。

抗戰末期我在重慶進大學，許多駐外使節返國述職時，都常被我們外交學會邀請到學校演講，所以我曾看見過不少外交界的名流，但一直未見過茀庭先生，因爲他未去過重慶。想不到二十多年以後，我竟能在倫敦拜識這位享譽國際的中國法學家，並有機緣親接謦欬，備承教益，人生的遇合眞是難說得很。

一九六六年四月初旬，我由巴黎渡海來倫敦工作，到後不久，即由倫敦自由中國中心主任王家松先生陪我去看茀庭先生。自一九四九年中英絕交後，茀庭先生即隱居在倫敦北郊，埋頭著述，詩酒自娛，不過對於國民外交和愛國活動，仍是熱心參加，倫敦的僑社奉之爲大家長。我既到倫敦工作，自然應該先拜見這位大家長。

茀庭先生是廣東中山縣人，但他卻生得南人北相，身軀修偉，聲音洪亮，能講國語，但廣東口音極重。我見到他時，他已是八二高齡，但仍然精神矍鑠，健康異於常人，而且量大善飲，每飯能飲法國紅酒一大瓶。他雖然享大名，享高壽，但對前往拜謁的後輩，卻非常謙和而親切。

我們見面之後，王家松先生即對茀庭先生說：楊某人在法國甚久，酒量很好，現在由巴黎調來倫敦工作，將來可以陪您喝酒。我還未來得及聲明我的酒量並不大，茀庭先生已大笑道：「好得很，過幾天請到舍下吃便飯，我們一塊來喝酒。」

我們的談話即從酒開始，我又剛從巴黎來，於是我們就大談法國葡萄酒。法國葡萄酒有兩百多種不同的牌子，我所知實在有限，而且幾乎全是從書本上得到的知識，並無親自品嚐的經驗。但茀庭先生因在歐洲的時間久，又雅愛杯中物，所以談到法國酒卻能如數家珍，使我添了不少新知。

過了數日，茀庭先生親自打電話來，約我去他家中吃飯。根據西方習慣，我買了一瓶酒帶去，是酒釂牌（Dimple）的威士忌。茀庭先生看了一看我帶去的酒之後，就笑著對我說：你來英國不久，就知道這個牌子，看來你對酒也很內行了。其實我是聽別人說茀庭先生喜歡這個牌子，才買了一瓶。酒醫牌和臺北所流行的黑牌子約翰走路威士忌相類似，算是蘇格蘭出產的上等好酒，但是還不是最好的。

那天晚上是我到倫敦後所參加的第一個家庭晚宴。大概是因爲倫敦和巴黎相距甚近，所以飲酒習慣也大致相同；宴會開始前有飯前酒，宴會後又有飯後酒，宴會進行時則喝葡萄酒。所不同的是法國人吃肉食喝紅酒，吃海鮮時喝白酒，酒隨菜變，同時因肉食不同，紅酒也有變化，所以在巴黎吃一頓飯常常要喝幾種不同的酒。而根據那一晚和以後的經驗，倫敦的一般宴會似乎都喝一種酒，又以喝紅酒時居多。

宴會開始時，我發現除了主人和我之外，其餘的十個客人全是英國人和美國人。茀庭先生囑我幫他陪客人喝酒，我自不便推辭，其實也不必推辭，因爲我知道一點西方人喝酒的習慣，凡是不能喝酒的人，有人陪也絕不喝，能喝酒的人就是主人不陪也照喝不誤。那一天晚上的洋客人都是酒到杯乾，不必要人奉陪，我倒是陪主人喝了很多酒。

茀庭先生不但酒量甚宏，而且喜歡喝快酒。一大玻璃杯紅酒，喝過兩三口之後，就馬上要乾杯。他一再對我說：「你的年齡只有我的一半，酒量應大我一倍，我現在能喝一瓶，你應該能喝兩瓶。」其實我的年歲比他的一半要大一點，但酒量卻比他的一半要小得多。但因初次陪他喝酒，只好捨命陪君子，一頓飯吃完，我至少也喝了一大瓶紅酒，加上飯前的威士忌和飯後的白蘭地，我早已喝過了量，但因客人都是外賓，不能不打起精神來週旋。等客人都告辭之後，茀庭先生過來連連誇獎我酒後的風度甚好。其實我已快要到風度不好的時候了，自己心內有數，所以也就趕快起身告辭。出得門來，頭重腳輕，顯然已經喝醉。自從十多年前我在波士頓讀書時喝醉過一次之後，從未喝過這樣多酒。

因為喝酒的關係，我到倫敦後不久，就蒙茀庭先生青眼相加，每當他的家中宴外賓時，就常約我去敬陪末座。每次都是他自己打電話來約，他的電話總都在上午八時以前，老年人早晨睡不著，六時不到就起床了，到了將近八點時，他認為時間已經不早了，倫敦的夏天，晝長夜短，上午八時原不算早，但是到了多天，晝短夜長，九時天才大亮，很多人在八時以前是不會起床的，我有兩次就是被從床上叫起來接他的電話，他說已經快八點了，你怎麼還沒起床？我不禁大感狼狽，以前使館的舊人，都有相同的經驗，那就是上午八時以前如有電話，大多是茀庭先生打來的。自從茀庭先生於一九七〇年初歸道山之後，已不再有人在上午八時前給我打電話了，每當我清晨早起，看見桌上的電話機時，就不禁常常想起這位早起的老人。

經過一段時間的往返之後，茀庭先生每再約我去作客時，總是叮囑在他和別人約定的時間前半小時去，以便在其他客人到達之前，我們可以多談談。我知道他不但是法學名家，而且英文的修養也極好，再者他在倫敦住了幾十年，對英國各方的情形，自然是非常熟習。他既約我談天，我豈可錯過這個機會，所以每去之前，總是先想好一些問題，見面之後，就逐一提出來請教。

我和弗庭先生這種問答式的談天，和當年在巴黎時與陳通伯先生的談天很相像。這兩位老人都是早期的留英學生，都是倫敦大學的博士，都曾在北京各大學傳道授業，都有誨人不倦的精神，所以對我的問題，都肯耐心詳細的解答，如果當時未能談完，過兩天必打電話來繼續解釋，有時並介紹閱讀某些書，以作進一步研究。現在回想起來，我和這兩位老人的談天，很有一點像牛津或劍橋的學生見導師的情形。現在這兩位老人都已先後作古，人天永隔，立雪無門，回首往事，好像是一場幻夢。

弗庭先生在談天時，也偶爾談一點他自己的生平。他說他們的祖籍原是福建，後來遷到廣東。他少年時代，家中極爲清寒，他在香港一家洋行中工作，積蓄一筆錢，於一九一〇年來英國，先入倫敦大學研究所，畢業後入律師學院，專攻法律，一九一三年考取皇家大律師，又重回倫大攻讀博士學位。他如果不是第一個在倫大得博士學位的中國人，至少也是最初在倫大得博士的少數中國人之一；他的皇家大律師的資格，在中國人中也是很早的了。

回國之後，他一直在司法界工作，並在各大學教書，後來作到司法部次長。他在出任駐英大使之前，在海牙作了十年的國際法庭法官，退休時領到一筆頗爲可觀的退休金，所以他晚年在倫敦的隱居生活，相當的安定。但也除了飲食較爲考究之外，日常生活仍極簡樸，過了八十歲仍常坐公共汽車。倫敦的公共汽車有上下兩層，樓下不許吸煙，荊庭先生常吸雪茄，所以他乘公車必須上樓，家人親友都怕他跌倒，一再苦勸，他才停坐公共汽車。

荊庭先生有三位男公子，三位女公子。長公子是法學博士，在倫大任教；其餘兩位公子都是醫學博士，在倫敦懸壺濟世。第二女公子是哈佛大學的博士。三個媳婦中也有一人是醫學博士。連荊庭先生在內，一門六博士，眞是名副其實的書香門第。

在倫敦隱居的二十多年中，荊庭先生用英文寫了十本書，都是由英國出版商替他出版，其中有一本書是談中國烹飪。荊庭先生對飲食甚爲考究，所以對烹飪也很內行。他常說理想的烹飪方法，是要從市場選購材料開始。他後來因年事已高，去市場不便，就很少親自動手烹調了。但他發明的幾樣名菜，據說在倫敦僑社中還很流行，其中最著名的是白切鷄，因其製法與眾不同，味道鮮美，大家稱之爲「大使鷄」。荊庭先生雖早已退休，僑胞見他仍稱大使。

荊庭先生極喜歡熱鬧，自己的身體又好，所以他在過了八十歲後，仍然是到處走動。除了和外國朋友時有接觸之外，他與使館的舊屬往返尤密，他們之間公的關係固已結束，但私的關係卻隨時間增加而更趨密切。在他舊屬的心目中，他雖不再是館長，卻變成了僑社大家庭的家長。

一九四九年中英絕交時，大陸上已是一片紊亂，大使館人員都已無家可歸，所以他們幾乎是全部留在英國，包括眷屬在內，總共有好幾十人。在這一批人中，不少飽學之士，但為環境所迫，都不得不在倫敦就業，以維持生計，其中以經營餐館業者居多。這一方面固然是由於在英國尋求適當職業不易，另一方面也是因為餐館利潤較高。這些當年的外交官雖然身在異鄉，但仍心存故國，倫敦的忠貞僑社最初就是以他們為骨幹而發展，弗庭先生就是維繫這個僑社的中心人物之一。

弗庭先生在他們的舊屬中人緣極好，他們不但對他執禮甚恭，而且還經常去探望他、宴請他。他所到之處，只要有他的舊屬在場，則照料迎送，無微不至。這種情形在國內也許不足為奇，在國外實在是難能可貴，這固然是由於使館諸君子都能發揚中國傳統的美德，同時也表明了弗庭先生自己做人的成功。

據一位當年在使館中職位甚低的朋友說，使館舊人之敬愛弗庭先生，有兩個原因：一是在他任大使期間，對使館同事，不論地位高低，態度都非常謙和。這位朋友說，你看他今天對大家態度和藹，他當年作大使時就是如此，這是最令人稱道的地方。在歷任駐英大使中，以他的人緣最好。另一受人敬愛的原因，是在絕交撤館之後，他對使館同事諸人的居留和就業，都曾盡力協助。大家認為他是一個很負責任的館長。作官而能在部屬中留去思，已是不易，令小職員稱道尤難。

茀庭先生身體素健，很少聽說他生病。一九六八年元月初，忽因患攝護腺肥大症入院割治。我事前並無所聞，但在他開刀當天的下午，在一個朋友家的晚宴中，遇到了他的公子鄭雄，才知他在倫敦的西敏醫院開了刀，經過情形良好；因為醫生要他充分休息，所以暫時不能見客。鄭雄勸我過一週再去看他，但可先寄一張問候卡去，鄭雄並以開玩笑的口吻對我說：「你寫問候卡，要寫全名，否則一定會送給我了，我可沒生病呀！」原來鄭雄就是西敏醫院的眼科醫生，兩父子都是博士，但在西敏醫院內，老博士不如小博士有名，如果問候卡上只寫鄭博士，準會送給鄭雄了。茀庭先生要住西敏醫院，一方面因他有一位公子在院內任醫生，可以就近照料，另一方面是因該院外科主任是英國的名醫，又是鄭雄當年的老師。

我照鄭雄的建議，寄了一張問候卡到醫院去。過了一週，我因事忙，未去醫院，忽然一天下午遇見旅英女畫家費成武夫人，她說大家都去看過茀老了，你怎麼還不去？我說你如何知道我還沒去？她說她剛從醫院出來，茀庭先生告訴她，會去探望他的人都去過了，只有楊某人還沒有去，但寄了一張問候卡去。我聽了之後，深覺慚愧，第二天提早吃中飯，然後到醫院去探望。我到病房時，茀庭先生正在和家人談天，他告訴我一切經過良好，現在計畫出院了，他又告訴我已經開始喝酒了，而且是經過醫生同意的，不過暫時只能喝半瓶。這一切顯示他康復的很快，我深爲他高興。我們正在談天，鄭雄也來探望，茀庭先生即叫他陪我去吃中飯，我說已經吃過了，茀庭先生不信，一定堅持要鄭雄陪我去吃飯。出了病房，我告訴鄭雄我確實已經吃過飯，不必再去餐館了，但鄭雄不肯，他說如果我不去，他見到茀庭先生時就無法交代了，我說你可以告訴他我們已經去過了，鄭雄道：你這不是等於教我在老頭子面前說謊麼？這一下子逼得我只好和他同去了。

鄭雄是茀庭先生最小的一位公子，現在只有三十多歲，他在十歲左右來英國，從小學讀起，直到牛津大學畢業，然後學醫。他講起英語來和英國人並無不同，但他的廣東話和國語也同樣流利，他還能背誦不少中國古文和古詩，但背書時要用廣東話來背，因爲當年老師是用廣東話教的。鄭雄對人極友善，所以他在僑社中的人緣極好，許多在中國餐館工作的華人，因爲語言不通，眼睛有病時都去找鄭雄。英國雖有健康保險，看病不要付費，但有一定的程序，不能自己隨意的去找醫生，否則就要付很多的診金。我曾問過鄭雄，華僑找他看病時如何收費，他說大家都是中國人，他們來海外作工已經很苦，我怎麼好意思向他們要錢。不好意思要錢，這是道地的中國人的觀念，西洋文化中沒有這種想法。鄭雄的爲人也可反映出弗庭先生的家教。鄭雄的兩個哥哥聽說爲人也很好，我雖見過而不太熟。

弗庭先生自開刀之後，精神似乎較以前爲差，人也顯得很清瘦，但以他的年齡而論，他仍算是很健康的。他在家中休養了一段時間後，即又照常出來活動，但每飯只喝半瓶酒，他說他仍然能喝一瓶酒，因家人苦勸，所以減半，但有時仍不止喝半瓶。去年他又去美國作了一次旅行，回來後精神煥發，體重也增加了，大家都說這位老人的秉賦眞好，看樣子他可以活到一百歲了。

一九七〇年一月三十日中午，我正在辦公室工作，忽然王家松先生來電話，說弗庭先生於上午在西敏醫院病故。我聽了不禁大吃一驚，急忙趕到西敏醫院，找到鄭雄，他告訴我弗庭先生是兩日前入院作例行檢查，一切良好，但當日上午突因心臟衰弱去世。在他去世的前數分鐘，他還在和護士討論中午的菜單，說畢即去洗手間洗手，回到病房走近床前時，忽向床上倒去，護士急向前攙扶，發現他已過世。前後不過兩三分鐘，一代法學名家，就悄然的離開人世，距他入院開刀，差不多整整兩年。

一九七〇年十一月寫於倫敦艦隊街

陳通伯澹泊寧靜

我認識陳（源）通伯先生以還，以在巴黎的兩三年時間內接觸甚多，有一段時間不但每日見面，常常是一日數見。一九六六年我們先後從巴黎來倫敦，仍常有往來，不過因爲他多病，而我卻爲雜務所苦，整日疲於奔命，有時雖週末也不例外，所以我們見面機會不如在巴黎時之多，但仍然常通電話。

在通伯先生中風的前兩天，陳夫人凌叔華教授還打電話給我，說通伯先生因很久未看到我，要我週末去他們家談談，陳夫人叮囑我午前去，以便和他們一起吃中飯。我們的約會尚未實現，通伯先生就突然中風入院了，我數次去醫院探視，他都在昏迷中，只有一次睜開眼睛對我看了一會，仍是不能講話。一九七〇年三月二十九日深夜，這位望重一時的學人，終於在倫敦北郊的一家醫院內與世長辭。當我在午夜前從陳夫人的電話中得到這個噩耗時，不禁悵然良久，回想當年在巴黎追隨杖履的情形，眞有說不出的感傷。

我初次見到通伯先生是在巴黎我國駐法大使館內，他當時是我國駐聯教組織的常任代表，我則是中央社駐巴黎特派員。我對他的過去所知甚少，因爲在抗戰末期我進大學念書時，他早已再度到歐洲來了。我們首次見面談話不多，但他給我的印象是學者的氣質多於外交官。第二天我和老同學龔選舞兄談到此事，選舞兄乃將通伯先生的過去，對我作了一番講解。選舞兄認識通伯先生較早，知道的也較多，他並建議我看看通伯先生當年在北京所寫的《西瀅閑話》，我託請臺北的朋友替我買到這本書，並仔細的看了一遍。我對通伯先生有了較多的認識，也有了更多的敬意。

一九六四年初中法斷交，我駐法大使館撤退，駐聯教組織代表團奉命接管大使館房舍，通伯先生就以常任代表的身分成爲巴黎喬治五世街十一號大厦的新主人，而且也是我國留在巴黎的最高外交代表。由於公務上的需要，我和他接觸日多，也增加了解，我對他固然是敬意日增，他對我也逐漸有了信任，因此在我向他採訪新聞時，他總是知無不言，言無不盡，最後又總是叮囑道：「我所知道都已告訴你了，如何處理是你的事，一切要向大處著想！」我現在每當遇著比較複雜的新聞，就想到通伯先生的叮囑，一切要向大處想。

從公務接觸開始，我們漸漸有了許多私人的往返，每逢週末無事時，我總去代表團的官舍看他。那時他的夫人淩教授在多倫多大學教書，只通伯先生一人在巴黎，所以遇到天氣好時，我常陪他去盧森堡公園看花，去羅浮宮看畫，去拉丁區探望中國同學，或是去香榭麗舍大道飲咖啡、曬太陽，也有時一同去看電影，遇有名著改編的電影到巴黎時，他總是很早就約我去看。他喜愛文學，自然愛看文藝片，但對看其他電影也有興趣。記得有一個週末的下午，我約了代表團的一位朋友去看○○七的偵探片，那是當時巴黎最熱門的電影，我想通伯先生一定不會去看，爲了禮貌，我還是問了他一下，他竟表示願意同去。那一天氣候好，大家的情緒也好，我們在一個下午，連看了兩個不同的○○七的偵探片，吃過晚飯後，我們預備再看第三個片子時，通伯先生才說：「你們兩個繼續去看罷！我要回去給太太寫信了。」

巴黎的冬天也和倫敦類似，不但寒冷，而且也多雪多雨。所以冬季的週末我去看通伯先生時，總是留在他官舍內談天的時候多。最初我每去時，他總是以紅酒待客。他雖頻頻爲我斟酒，但他自己卻是淺嘗輒止，後來我才知道他因爲血壓高，不敢喝酒。我建議改喝茶，他也欣然同意，以後我再去，必先到廚房燒水，國外一切靠自己動手，我那敢勞動一位老人家來燒茶招待我！我雖對廚房內的事一無所知，但對燒茶卻自認很內行，等我將茶燒好，通伯先生已從小木櫃內拿出一些乾菓，於是我們的茶話會就開始了。由他主講，我則頻頻發問，我們的茶話會少則一小時，有時長到兩三小時。通伯先生講話雖然很慢，但很健談，他的談話和他的小品文很相像，雖然有時不免有極濃厚的諷刺性，但也都極清新雋永，了無煙火氣。他的談話中沒有說教，沒有八股，而且他從不論金錢，不談人事關係，我覺得和他常常過從，使自己減少了很多的俗氣。

就我個人的了解和感覺，通伯先生擔任駐聯教組織的代表實在是一苦差，尤其是在他退休的前數年。聯教組織是聯合國的一個特別機構，成立的目的在促進國際間教育、科學和文化的合作。通伯先生對中西文化的了解很深，以他來擔任我國常任代表，原本非常適當。不幸戰後共黨企圖赤化世界，東西方間發生冷戰，所有的國際機構都變成冷戰場，聯教組織也不例外。共黨國家想盡一切方法，排擠我國代表，少數號稱中立而實際上是共黨同路人的國家，也甘心爲虎作倀，對我國施用種種陰謀，原應該是一個學術氣氛濃厚的機構，竟經常出現縱橫捭闔的外交局面。以一個職業外交官面臨這種情勢，也不會感到輕鬆，何況是一個絳帳傳經的老教授，其精神上負擔之重，可想而知。後來他奉命接收了原來駐法大使館的房舍，又經常爲了房子的問題，遭受法國政府的各種壓力，最後法國政府不顧國際外交慣例，派警察侵入我國聯教組織代表團，他氣極而血壓上升，病況危險，法國警察才用救護車把他送到凡爾賽的一家旅館休息，他爲盡忠職守所受的折磨，可說到了極點。

職位所帶給他的精神上的負擔是如此沉重，而他的待遇卻又非薄異常，在國外大家都不談薪俸的數字，所以最初我不知通伯先生每月拿多少錢，我猜想應該在美金八百元左右。過了很久代表團內的一位朋友才告訴我，通伯先生每月只有三百元，我聽後不禁大感驚異，他是倫敦大學的博士，四十年前就是北大的名教授，後來又在武大任文學院長，在聯教組織內他是我們的公使銜常任代表，但他的待遇竟不如一個大使館內的一等祕書，這眞是太不公平了。因爲通伯先生不喜歡談錢，我也避免和他提此事。後來聽陳夫人說，最初原是每月四百元，大陸易手後，降爲三百元，因他不願意和別人談金錢問題，他的待遇也就一直未改善，後來有關當局發現了這種情勢有欠公平，整個駐聯教組織代表團的待遇才有了改善，但未等到改善辦法施行，通伯先生就退休了。

在他任職聯教組織期間，通伯先生原有不少可以到他處高就的機會，我知道的就有兩次；一在美國，好像是他的老友趙元任先生替他在某大學所作的安排，專門作研究工作，待遇數倍於他的代表薪俸，他婉辭未就；另一個機會在加拿大，多倫多大學曾邀請他和陳夫人一同去任教，而且說明他每週只授課一小時。指導學生作論文，其餘時間從事研究。陳夫人應聘而去，授課一年，因通伯先生不肯去，她只好又辭職重回歐洲。通伯先生對於外間邀請他的事，絕口不提，對於代表職務上帶來的煩惱，固無怨言，對於待遇的菲薄，也從不訴苦，相識數年，我發現他無論在公私生活上，態度總是從容而又安詳，從他身上我對中國讀書人所重視的「寧靜」、「淡泊」和「擇善固執」這些立身處世的原則，稍稍有所體會。

吳協曼肝膽照人

來英國最大的收穫，是結識了幾位很好的朋友，吳協曼兄是其中之一。我於一九六六年由巴黎轉調倫敦，他是一九六七年由臺北來英，他抵英不久，我們就認識了。

協曼兄原在臺北國立師範大學英語系任教，他不但教學有方，而且極具行政才能，所以又被派去主持師大的國語中心，辦得有聲有色。劍橋大學有人去臺北，看見他在國語中心的表現，印象深刻，回國後就建議邀請他到劍橋大學東方學院的中文系教書。

我認識協曼兄是佟秉正介紹，秉正兄和他的夫人黃易女士同年畢業於師大的史地系，他們兩人不僅品學兼優，而且都對人慷慨熱誠；最難得的是兩人都極富道義精神，是很不容易交到的朋友。秉正兄原籍北京，講一口純正的北京話，所以畢業後就被聘到國語中心任教，成績斐然，不久就被倫敦大學的亞非學院聘請來教授中文。他們伉儷是我來倫敦最早認識的朋友，後來給我許多幫助，協曼兄來英之前，秉正兄就告訴我，師大有一教授要來劍橋大學教書。

我在去巴黎工作之前，也曾在師大社教系新聞組教過幾年書，雖然和協曼及秉正兩兄以前都不認識，但因爲有了這一點關係，在倫敦一認識，就有一見如故之感，而且很快的成爲好友，這也可以說是托師大之福。

協曼兄伉儷來英後，就住在劍橋，劍橋是因大學而發展成的小鎭，位於倫敦郊區約十英里處。每逢週末，秉正兄伉儷常常開車去探望訪他夫婦，也常約我同行，偶爾同行的還有師大另一校友滕以魯兄；以魯是當時極少數的公費留學生之一，在倫敦大學國王學院專攻英國文學。以魯兄也是品學兩優，而且誠篤厚重，極受人稱譽。他畢業於師大英語系，是協曼兄的學生。秉正兄伉儷雖畢業於師大史地系，不曾直接受教於協曼兄，然根據中國傳統，仍尊稱協曼伉儷爲老師和師母。協曼兄伉儷初來異邦，在適應上自不免有困難之處，秉正兄伉儷對於老師和師母的協助和照顧，眞是無微不至，令人感動，我當時的感覺是，中國傳統的師生關係，實在是中國文化中足爲世界楷模的一部分。

協曼兄是陝西涇陽人，舉止言談都充分流露北方人的那種樸實厚道的味道，他畢業於中央大學外文系，他的伯父曾任陝甘監察使，是國民黨元老于右任先生的革命同志；他的長兄是北大名教授吳宓，由於家庭的背景，所以協曼兄的中文造詣也極佳。他的夫人柯翼如女士也是出身湖北世家，爲人熱誠豪爽，對朋友極友善，她的一筆小楷，秀麗非常，極受人讚賞。協曼兄頗有中國讀書人的那種傲氣，但是一旦得到他的信任後，則又可建立莫逆之交，和他交往越久，越覺其可愛，眞是所謂與公瑾交，如飲醇醪。

吳氏伉儷都極好客，而且兩人都長於烹飪，每有客來，必定是旨酒佳餚，盛情款待。我們每去劍橋吳公館，就享受四川人所謂的「打牙祭」。我們總是週六下午去，住上一晚，週日下午回倫敦，每去劍橋，除了暢談故國往事之外，就是大快朵頤，吳氏伉儷的名菜在花色上也許不如餐館之多，但品質之佳則非一般餐館所能比。

一九六八年的復活節假期，吳、佟兩家往遊大湖區，並約我同行。大湖區是倫敦有名的風景區，十九世紀時，英國的大詩人華茲華斯和柯勒瑞治都曾在大湖區居住，於是大湖區在畫意之外，更添詩情。國外來的文人墨客，莫不都希望能到大湖區一覽湖光山色。

大湖區的範圍甚廣，區內包括不止一湖，也不止一城。我們五人一車，由佟秉正兄駕駛，先是繞湖而行，眞是遊目騁懷，極視聽之娛；繼又租用小汽艇，在湖面奔馳，這時想到蘇東坡在前赤壁賦中所言：「縱一葦之所如，凌萬頃之茫然，浩浩乎如馮虛御風，而不知其所止。」頗有同感，這是來英後第一次出遊，好風景、好天氣、好朋友，愉快非常。

爲了想了解一下英國的鄉下情調，當晚我們就住在溫德邁（Windmere）城附近的一家鄉村旅館，晚飯之後，我們到村內一家酒館觀光，英國的酒館極著名，據說，鄉村酒館內情調尤佳。我們五人進了酒館之後，也倣當地習慣，各人要了一杯啤酒。酒館在觀光區內，自然常有觀光客光臨，但東方人去的恐怕不多。所以我們一進門，就引起其他酒客注意，我們一坐下，就有人過來攀談，態度友善，彼此自我介紹之後，我們發現其他酒客中，有本地人，也有外來人，包括來自蘇格蘭的兩個遊客。

談話之中，他們問我們在臺灣是否也喝外國酒，我說我們常喝蘇格蘭的威士忌，特別是黑牌子約翰走路(Johnny Walker，據說這個譯名是一位在臺學中文的外國留學生的傑作)。其中一人問我們是否喝過麥芽威士忌，我說沒有喝過；於是他就對麥芽威士忌加了一番解釋，並建議我們回到倫敦之後，不妨買一瓶試試。我和協曼都比較愛好威士忌，所以回到倫敦之後，第一件事就是各買一瓶麥芽威士忌，一試之後，果然不差。以後我們就常買麥芽威士忌，這是旅行中所得的第一個新知，後來我在《霧裏看英倫》一書中有一篇文章，介紹威士忌酒，就是由這一點新知開始的。

由於房間不够，當晚吳、佟兩家住在旅館內，我卻被介紹到附近一家住戶作客，主人是一對老夫妻，態度和藹可親，家中異常整潔，因為有幾個多餘的臥房，所以常用來招待旅館住不下的遊客，有些額外的收入，補貼家用，房價和旅館相同，但比旅館安靜得多，房間很大，床舖十分清潔舒適。一晚好睡，第二天早起下樓，老太太已將早餐準備妥當。

歐洲的早餐分兩種，一是歐洲大陸式，法國的早餐可作代表，即一杯咖啡，兩塊小麵包，外加一小碟菓醬；另一種是英國式，十分豐富。那一天早晨那位老太太準備的就是英國式的，飲料有咖啡、紅茶、牛奶、菓汁。食物有小麵包、土司、玉米片、火腿、香腸、煎蛋，分量都很多，排滿了一桌，我想我們五個人都來吃，恐怕也吃不完。等我將要吃畢之時，老太太又從廚房拿了一大盤魚出來，並殷勤勸客，這時我已吃飽，但礙於情面，只好吃了一塊，味道極佳，可惜已經吃飽，無法再吃，老太太似乎很失望，她一再道歉，說她燒菜技術不佳，所以我不願多吃。我趕快向她解釋，我已經吃得太多，所以吃不下了，我也不知道早餐還有魚吃，否則我會少吃麵包，多吃魚。我告訴她這是我在歐洲吃的最好的早餐，下次再來大湖區，爲了這樣好的早餐，我也希望再住她家，老太太聽了這些話，才高興的笑了起來。她給我一張卡片，又叫我寫下姓名，希望下次再去，她一定燒更好的魚給我吃，後來和英國同業談起來，才知道英國人早餐吃魚，不過要最好的早餐才有魚。這次經驗，使我念念難忘，後來又去幾次大湖區，但因是團體旅行，不便住在他處，在大湖區逗留時間甚短，想去看看那位老太太都不可能。

和協曼兄嫂越來越熟，我給他們添的麻煩也越來越多，因爲在七○年代，國內不斷的有友人來英國訪問，大家都知道牛津和劍橋是英國最著名的學府，而且兩地的風景也都很著名，所以都想去參觀，至少能去一處，最好是劍橋，因爲名詩人徐志摩曾有一首有關康橋（劍橋以前的譯名）的詩，膾炙人口，所以，劍橋更受注意。

我每次陪朋友去劍橋，必先去找協曼兄，請他帶領到各學院參觀並加解釋。因爲不斷有各地的朋友來訪，他對各學院的歷史背景和現況，以及當地的文物史蹟，也都下了一番研究功夫，所以陪朋友參觀時，都能解說得既周詳而又有趣，聽過的人都十分欽佩。參觀之後，總還要約到他家吃一餐飯，或至少吃一次英國式的下午茶，因此我每次陪朋友去劍橋，協曼兄和翼如嫂，總要大忙一陣，我爲此深感不安，他總是安慰我說：你的朋友也就是我的朋友，只管來，沒有關係，我先後陪過將近十位朋友去找他，這些朋友都是當時臺北新聞界的名流。

七〇年代末期，我家中發生困難，他乃約我在耶誕節期間去他家小住度假，協曼兄嫂除了殷情款待之外，並百般勸慰和開導，情眞意摯，雖親手足亦無以過之，他們的肝膽照人之處，令我畢生難忘。在那幾天之內，爲了轉移情緒，他們兩人還傳授我各種麵食的做法，饅頭、花捲、燒餅、水餃，都一一的示範。我回家之後，單獨演習一番，饅頭、花捲、包子尚差強人意，水餃則距理想太遠，因做水餃的技術需要多次練習，非一蹴可幾也，做燒餅的程序太複雜，迄未嘗試。

八〇年底我奉調返國，兩年後才又重返英倫，回來後不久，即因孩子們漸漸大了，房子太小住不下，要另找新居，這是一件既費時，又勞神的事，直到一九八五年才算一切就緒。協曼兄嫂也曾到我們的新居來過一次，以後大家都忙，我則很少去劍橋，他們也很少來倫敦，只是偶爾通電話而已。到了八六年聽說他生病，我去劍橋探望，發現他精神甚好。他一向極為健康，每到冬季，他總是最後一個穿大衣的人，我常常稱讚他是「北方之強」，從未覺得他的健康有問題。後來又聽說他常進出醫院，我雖有些驚異，但仍不覺得有何危險。秉正兄常去劍橋探望，回來後就打電話告訴我有關吳府近況，不久聽說翼如嫂也生病，這到令大家擔心，兩人都生病，誰來照顧呢？不久翼如嫂漸癒，協曼兄的情況卻日漸嚴重，而且又進醫院。有一天秉正兄告訴我協曼兄病情嚴重，醫生說是癌症，我聽了不禁一驚，良久不能講話，「斯人也而有斯疾也」，令人傷痛。

翌日即去劍橋醫院探望，進了病房，發現他睡在床上，形容憔悴，但神智清明，見我進去，首先問我家孩子。北方人俗稱小孩子為小將，他問我：「小將們都好麼？」我說：他們都很好，因為要上學，不能來看你，他微微的點點頭，未再講話。我在病房逗留了兩三小時之久，他始終未再講話，我亦未敢驚動他，臨行向他告辭，他亦未再開口，我滿懷悽愴之情離開醫院。

次日，也就是一九八七年四月二十一日，我由佟家得到消息，協曼兄已經大去，雖然我知道他已是病入膏肓，但乍聞噩耗還是不禁傷心落淚。越兩日我又隨秉正兄伉儷去劍橋參加協曼兄葬禮，以前我們每去劍橋，沿途總是暢談歡笑，可是那一天我們都是心情沉重，無人講話，我們都是在默默的向一個人天永隔的好友致哀。

周榆瑞能詩能文

《聯合報》前駐英特派員周榆瑞兄於一九八〇年三月二十六日病故，歲月匆匆，轉瞬已是兩個年頭了，我早想寫一文追述他在倫敦的一些活動，但因我自己的工作上也有變化，雜事羈身，拖延到現在才動筆，頗覺愧對故人。

我與榆瑞兄認識較遲，一九六四年他離開大陸，出走倫敦，我才首次在新聞報導上見其名。在此之前，我對他一無所知，他去倫敦時，我在巴黎，我對他仍只是聞名而未見面。一九六六年春末，我由巴黎轉到倫敦，我們才首次見面，我抵達倫敦之初，他正首次去臺北向《聯合報》述職，不久他回倫敦，在新聞界前輩王家松先生安排的一次宴會中，我們首次見面。他對我十分熱絡，並且和我認同鄉，他說他原籍福建，生長在東北，根據族譜，他們家是汝南周濂溪先生的後裔，所以他是河南人，榆瑞兄身材魁梧，比我更像河南人。後來我有機會在倫敦見到黃天爵先生，他告訴我河南人移民去福建省的爲數甚多，我的故鄉是河南東南部的商城，而豫南就有很多人移民到閩南。天爵先生的原籍是廈門，但祖籍卻是豫南的固始縣。所以臺省的很多同胞，如果根據族譜去尋根，最後可能發現他們的老家都是在河南省的東南部。

我抵倫敦時，榆瑞兄剛從大陸出走不久，他在大陸上坐過牢，所以他在英國的言行，很引人注意。由王家松先生主持的倫敦自由中國中心，就曾安排了許多機會，請他演講，講述中國大陸人民的生活情況。這時候的自由中國中心，可能是其成立以來最活躍的時期，榆瑞兄的演講，我也常是他的聽眾之一，並常將他所講而我從未聽過的大陸情況，寫成新聞，向臺北報導。這一段時間內，我們常有機會見面。

這時我們都是單身在倫敦，但榆瑞兄已交了一個美國女朋友，名 Virginia Jones，後來榆瑞兄替她取了一個中國名字，名鍾唯貞，這位小姐畢業於美國喬治城大學，研究國際關係，但文學修養甚好；原服務美國駐英大使館，後來轉到北大西洋公約組織的美國海軍部門工作。她燒得一手極好的法國菜，後來又學會了燒中國菜。我在倫敦的第一個耶誕節前夕，就應邀到榆瑞兄寓所小聚，由鍾唯貞小姐燒法國菜待客。榆瑞兄和我都非教徒，但在國外無人慶祝中國的年節，只好藉當地的節日，小作聚會，那一天我們談得很愉快，也喝了不少酒，但我卻鬧了一個小笑話。

我和榆瑞兄的住所相距甚遠；我住城北，他住西南，坐地下火車需要兩個小時，中途還要換車，倫敦的地下火車和公共汽車的班次，都是在每天上下班時特別多，過了這一段時間，班次就減少了，到了週末或假日，則班次更少，十二月二十六日公定假日（Boxing Day），所有的公車都停駛，耶誕前夕，公車提前收班，我事前已有所聞，在榆瑞兄寓所吃過晚飯後，未敢多留，即告辭回家，我雖趕上了最後一班地下火車，但到了轉車的地方時，卻無車可轉了。轉車的地方是倫敦市中心的崔伐加廣場（Trafalga Square）。我走出車站，來到廣場一看，行人和車輛都很少，除了教堂的鐘聲之外，原本是吵雜異常的廣場，已變得寂靜無聲。

我在廣場旁的行人道上往來徘徊甚久，看不到行人，也很少看到車輛，最後遇見兩個巡邏的警察。我問他們有什麼辦法可以找到交通工具。他聳了聳肩頭，然後慢吞吞說：「你就在這裏等一等，如果運氣好，你會等到一輛計程車。」在零下的氣溫中，我等了約一個小時，總算運氣不壞，等到一輛計程車，以三倍於平時的車資，我總算回到了在倫敦北郊的寓所。

崔伐加廣場有幾座石獅子，粵人稱獅子爲大狗，因之他們稱崔伐加廣場爲大狗場，我深夜在崔伐加廣場等車的故事，不久傳了出去，於是好事之徒就宣揚說，聖誕前夕楊某人落難大狗場，這是我在倫敦所鬧的唯一笑話。有此經驗，以後每逢聖誕節，必先安排交通工具，再出門參加約會，這眞是俗語所說，不經一事，不增一智了。

一九六〇年代的中期，臺灣經濟尚未進入繁榮的境界，各機構派駐海外人員的待遇都很低，《聯合報》也不例外，榆瑞兄每月所得，可供溫飽，但生活仍很清苦，所以他又爲一個名「世界論壇社」（Forum World Feature）的新聞機構撰稿，以資彌補，論壇社是在英國不多見的一個反共新聞機構，其性質類似通訊社，但所發者不是一般的新聞稿，而是評論和特寫，執筆的人全都是反共的職業報人。

榆瑞兄具有與中共直接打交道的經驗，又對中共的制度有相當了解，所以很受論壇社主持人克羅茲（Crozier）的重視，因之被聘爲撰述，定期爲他們撰稿。論壇社在英國默默無名，幾乎沒有訂戶，它的出版品，在報攤上也看不到，但據說在英國以外的反共國家中，卻又頗有銷路。英國的新聞界並不是都很親共，但當時卻有一很奇怪的現象，那就是左派分子可以十分活躍，但積極的反共人士卻遭冷凍，榆瑞兄由香港出走時，就是以反共作家的身分來英，自難在英國新聞界中找到工作，只有克羅茲是他的知音。

某次我約請了七八位英國同業餐敍，也約了榆瑞兄參加。那一天他因有事而提前告辭，一位英國同業問我和榆瑞是否老友，我說剛在倫敦認識，他又拿出一張榆瑞兄給他的名片，然後問我是否知道世界論壇社的背景，我說不知道。他說這是一個與美國中央情報局（CIA）有關的機構，他講過這句話後，未再多講，我也未再多問；但心中頗感驚訝，因爲在英國，無論是一個新聞從業員，或是一個新聞機構，如果被人指說與美國的中央情報局有關，都是很麻煩的事，不但受人輕視，而且有時還會受排斥，所以是一件很嚴重的事。

當晚我就和榆瑞兄通電話，將那個英國同業所言，率直相告，他說那個英國同業所言，與目前的情況不符，但也並非毫無所本，世界論壇社原是中央情報局在韓戰期間所創辦，因爲當時西方國家的新聞界中，有不少人對韓戰有偏見，所以中央情報局希望透過論壇社來報導事實的眞象。韓戰結束後，中央情報局將論壇社賣給《國際前鋒論壇報》的老闆，所以現在是一家私人經營的新聞機構，不再與中央情報局有任何關係。

世界論壇社的經濟情況一直欠佳，過了幾年之後，老闆不願再賠錢，決定將其出售或停辦，這個消息也是榆瑞兄告訴我的。他說：他希望能在臺灣找到一兩位工商人士，出面來購買世界論壇社，因爲這個機構內人才不少，又都是反共的，在英國的銷路雖然不大，但在其他自由國家中，銷路頗爲可觀，國內如能有人投資將它買下來，對反共宣傳將會有很大貢獻；目前虧本，是由於管理不善，浪費之處太多，加以整頓之後，可望自給自足。我說你可以試一試，恐怕不容易，因爲我很懷疑臺灣會有人願意在這一方面投資。

過了幾天，英國報紙也刊出世界論壇社將要出售或停刊的消息，並將其過去與中央情報局的關係，大肆渲染，至於後來賣與私人經營一事，只是輕輕的一筆帶過，這些報導給人的印象是論壇社仍與中央情報局有關；這樣一來，世界論壇社除了停刊之外，那裏還有人肯來購買。當晚榆瑞兄與我通電話，他說由於當天的新聞報導，他的計畫只好放棄了，言下不勝感慨，這件事使他有好一陣子感到鬱鬱不樂。

不久克羅茲和他的友人們又創辦了一個機構，專門研究世界各地的衝突，這個機構名爲「衝突研究社」（The Institute of Conflict），有定期的刊物發行，克羅茲又聘榆瑞兄爲研究員，每年寫一兩篇研究報告，並有若干報酬。我也曾在榆瑞兄陪同下，拜訪過這個機構，因爲他們的工作注重研究，所以平時沒有往來。

就在榆瑞兄去世的前一年左右，這個機構又發生變化；內部不知何故發生糾紛，創辦人克羅茲一怒而脫離了這個組織，榆瑞兄感到不平，也憤而辭職。他事後對我說，這個機構本是克羅茲創辦，所有研究員都是由他聘請，但現在聯合起來反對克羅茲，洋人缺乏道義觀念，令人憤慨，他羞於與他們爲伍，所以決定脫離。這件事對他的情緒上也是一大打擊，使他更爲悶悶不樂，這是他去世前幾個月的心情，我和他通電話時，總是勸他專心寫書，不必再爲這些事去煩心。他每逢有不如意的事，總是打電話和我長談，我也是如此，我們總是互相慰勉，互相鼓勵。在國外，尤其在朋友不多的倫敦，能有一個朋友，可以推心置腹的談天，是很不容易的事，榆瑞兄故後，我在精神上感到莫大的寂寞。

榆瑞兄是性情中人，常常是感情超過理智。中國對日抗戰結束後，他因不滿當時國內情況，所以反對國民黨，同情共產黨；中共當權後，他在香港大公報工作，一度似乎很得意，後來被召回國，受整肅，並坐了幾年牢，再度回到香港後，即藉友人之助，出走英國，從此激烈反共。對於一些在政治上態度不明朗的人，常常口誅筆伐，不遺餘力，因此也得罪了一些人。

在一九七〇年代中，我曾一度與榆瑞兄住在同一棟樓房內，那是一所英國舊式的房屋，共有四層，每一層都改爲一個兩房一廳的獨立公寓，榆瑞兄住在最下一層，我住在最上的一層，他自稱地下居士，並戲稱我爲天臺上人，居士與上人相距既近，交往更多。他與鍾唯貞雖未結婚，但每天公餘都在一起，我和他們倆都很熟，所以每逢週末無事時，就常在一起聚會，喝酒讀詩。榆瑞兄的舊文學根底極佳，作詩塡詞都是好手，我雖不會作詩，但也喜歡讀詩，而且還能背誦不少小時母親教的唐詩宋詞。我們又都喜歡喝英國的威士忌酒，於是在酒酣耳熱之際，就常在一起背誦詩詞。鍾唯貞能背誦很多英文詩。我當年在政校外交系讀書時，也讀過一年英詩，並且也還能背誦一些詩中的名句，所以有時也陪鍾唯貞背誦一點英文詩。那幾年的週末，就常在這種飲酒背詩的情調中過去，當時也覺得很愉快，事後回想，更覺得後味無窮。

不久榆瑞兄要與女友結婚，在倫敦西郊買了一所房子而遷走，我也又遷到倫敦北區，這時王家松先生已自新聞局退休，原來的活動大爲減少，我和榆瑞兄的住處相距既遠，又少共同活動的機會；所以見面的次數也就少了。此處所謂活動是指參加演講會、專題辯論會、餐會、酒會，以及其他文化性的活動。

我們雖少見面，但仍常通電話，他曾不斷的勸我搬到他住的那一區去和他做鄰居，他並熱心的替我看房子，我也很想搬去，但因後來他那地區的房價漲得太快，我心有餘而力不足。就在他病故的前不久，他還在電話中對我說，「想法子搬過來，我們就又可以在一起飲酒讀詩了。」想不到言猶在耳，他遽以心臟病作古了，回首往日交遊，內心哀痛實有不能自已者。

一九八一年夏於臺北

威廉・狄林爵士

英國前保守黨議員威廉・狄林爵士（Sir William Teeling）於一九七五年十月二十六日病故於倫敦，享年七十二歲，他是對中華民國最友好的一位英國議員，他的去世實在是我們一大損失。在中國大陸易手之後，英國政界中的淺見之流固多向中共討好，就是那些信奉民主政治而又反共的人士，也多因中國大陸情勢的劇變而感到震驚和困惑，他們一時多持沉默和觀望的態度。只有狄林爵士例外，不論在議會內外，他都是主張支持中華民國的。

狄林不僅仗義執言，而且不斷的努力爲中華民國爭取朋友，也許因爲他是議員，他在這一方面努力的成就，在議會中最顯著。在過去十多年中，有二十多位英國議員到臺北訪問，其中有下院議員，也有上院議員，有保守黨議員，也有工黨議員，他們都是狄林的朋友，也都是受了狄林的影響而到中華民國訪問，返英之後也都成了中華民國的朋友，最後他們在英國議會中組織了英臺議會小組（Anglo-Taiwan Parliamentary Group），並公推狄林擔任小組的主席，這個小組的成立，是對中華民國同情的公開表示，若非狄林積極的推動，在英國目前的情況下，這個小組的成立是很難實現的。參加小組的兩黨議員已增加至五十人，且都是議會中的知名之士，其中有幾位保守黨的議員後來在奚斯（Edward Heath）的內閣中擔任部長職務。

狄林對於中華民國的友誼和對故總統蔣公的敬仰是始終如一的，狄林曾數次訪臺，每次都受到蔣總統伉儷的禮遇，他對此最爲感念。一九六九年，他因健康不佳而退休，但對中華民國的一切，仍然非常關切。一九七五年四月五日蔣總統病故，他親筆寫了一封信給前新聞局代表王家松，表示哀悼之意，他說由於中華民國派在西歐的使節大多是新人，他全不認識，所以他要求王家松設法代他向蔣夫人表示弔唁之意。他在信中盛讚蔣總統的偉大，他說當年邱吉爾對他談中國問題時，就曾告訴他蔣公是東方偉人。一九七五年四月二十五日，旅英華僑和英國友人聯合爲蔣公舉行追思禮拜時，狄林已因臥病甚久，而步履維艱，但仍然抱病從療養院中趕來參加，那時他上下車和行走都需人攙扶，但他仍然很早的趕到教堂，直到全部追思儀式完成才肯離去。在西方社會中，像狄林這種篤念舊誼的人，是不大多見的。

我認識狄林約在十年以前，但當我仍在法國時，我就知道狄林爵士是對我們非常友好的一位英國議員，一九六六年春天我從巴黎來倫敦不久，就在王家松先生的一次宴會中遇見了狄林。他雖然不認識我，但對我所服務的中央社卻知道的很多，我們談了很久，最後他約我到下院餐廳去午餐，並順便參觀英國議會。我對於後一點特別感到興趣，所以欣然應諾。

英國下院餐廳的裝飾並不十分富麗堂皇，食物也很普通，但因爲英國是實行議會制的國家，凡是從政的人，從首相到各部政務次長，都必須是下院議員，所以英國的議會乃是英國最高的權力機構。無論是從事外交或新聞工作的外國人，自然都很重視這個地方，也都樂意去那裏作客。我去的那一天，狄林就告訴我在餐廳用膳的客人中，有不少外國的顯要，因我剛從巴黎來，他就告訴我在左邊一桌上的客人就是法國的大使。和我們距離最近的一桌上有兩個印度人，狄林還過去和他們寒暄一番，回來後告訴我，主人是他的同黨議員，客人是印度大使和印度的前任外交部長。

飯後狄林領我到上下兩院參觀，並解釋議會的各種活動，我也順便向他提出許多問題。記得當年在學校讀書時，也曾讀過一門比較政府的課程，講授這門課程的是何永佶教授，何先生以兩個學期的時間，講解了三個不同制度的政府：那就是代表議會制的英國，代表總統制的美國和代表委員制的蘇俄。何先生出身哈佛大學，在美國的時間甚久，對美國的了解深刻，後來專程來倫敦研究英國政府，所以他對英美兩國政治制度的講解，不但很詳細，而且也很生動。由於老師講授精彩，學生們也印象深刻。後來爲了自己的興趣，我又閱讀了若干這一類的書籍；所以在來到英國之前，我已對英國的政治制度有相當的了解，因此我的問題和若干意見尚不算太外行，狄林顯然有一點感到意外，但卻也因此對我更親熱，講解的更詳細。他在下院作了三十多年議員，不但對議會制度瞭若指掌，對於英國的實際政治活動也十分清楚，在我們以後的多次聚會中，他曾對我講了許多這一方面的事情，使我受益良多。

我們以後的會晤大都是在餐館或酒館；去餐館時多是由我請狄林吃中國飯，去酒館時則多由狄林作東。在英國，酒館是一個很好的社交場合，和臺北的高級咖啡館頗爲類似，不過酒比咖啡貴得多，請朋友上酒館，有時並不比去餐館便宜。記得狄林約我去的第一個酒館，就在議會附近。據說由於議會的酒吧不能容納很多人，而這家酒館又距議會很近，所以很多議員就到這家酒館來光顧；漸漸的幾乎變成了議員們的專用酒館了。顧客中除了議員們之外，還有採訪議會的新聞記者。議員們的目的在喝酒談天，記者們則是去那裏找新聞。爲了議員們的便利，議會並在這家酒館內裝置了一個電鈴，如果下院臨時有重大的案件要表決，則只要一按電鈕，這家酒館內就會鈴聲大作，議員們放下酒杯，還有足够的時間，可以從容的走回下院議場去參加表決。

和狄林有過數次往還之後，對他也有了較多的了解。他是在愛爾蘭共和國首都都柏林(Dublin)出生的，現在看來他應該是愛爾蘭人，但在當時愛爾蘭共和國仍是不列顛帝國的一部分，所以他仍算是英國人，但具有愛爾蘭人那種堅強的個性。他於一九〇三年出生在一個所謂上層社會的家庭，父親是大律師，在高等法院擔任過重要職位。他在中學時代就被父母送到巴黎讀書，那是當時社會上的一種風尚，所以狄林能講很流利的法語。一九二一年他進入牛津大學接受高等教育。狄林沒有說過他是為了想從政而入牛津，或是進入牛津之後才決心從政。牛津和劍橋是英國的兩個最著名的大學，劍橋產生了許多學者和科學家，牛津則幾乎是英國政客的搖籃，牛津產生的首相之多，不但英國其他大學無法望其項背，就是世界任何其他大學恐怕也難與之媲美。從第一次世界大戰到目前為止，英國首相不是牛津出身者只佔極少數，而這些極少數人中最著名的就是邱吉爾。現在保守黨的影子內閣閣員幾乎清一色是牛津畢業生，工黨政府的首相、財長、內長、社會福利部長、物價部長等也全是牛津校友，自由黨的情形類似。當然要進牛津或劍橋讀書首先要成績優良，否則進不去，或是進去之後又被淘汰，這是指大學本科而言，英國政客在牛津或劍橋讀書，都只讀大學本科。英國政壇上重視能力與經驗，不重視學位。

狄林在牛津讀書時就很活躍，曾受知於當時首相鮑爾溫（Stanley Baldwin），他學業成績優良，以榮譽生畢業後就想從政，但在英國，所有的政務官，從首相到各部政務次長，都必須是下院議員，因此想從政的人必須先競選議員，狄林在這方面的發展甚慢，一直到一九四四年他四十歲時才進入下院。從此以後每選必勝，連續不斷的作了二十五年的議員。狄林在進下院之前，曾到美國各地旅行，返國後將其見聞所得，連續撰文在《泰晤士報》發表，頗受各方注意；後來又受《泰晤士報》之託，到英國各地旅行，報導各地社會情況，於是在社會上漸有聲譽；最後還代表《泰晤士報》訪問遠東，到過中國的幾個邊疆省分，回國後還寫了一本書。狄林文筆流暢，長於寫作，先後出版了十多本書。

在一九六九年夏天的一個晚上，我請狄林吃晚飯，飯後他約我到他的俱樂部飲酒談天，那天晚上我們談了很久，直到午夜以後才分手。狄林首先告訴我他準備退休了，他在下院的服務到下屆大選爲止，屆時他將不再參加競選。不過他仍將繼續其支持中華民國的努力，他有生之年都將如此。他講這話時情意懇切，令人感動。狄林說他雖然在戰前就已去過中國，但和中華民國當局正式發生接觸，卻在一九五六年。他原計畫在一九五四年訪臺，因路透社記者從臺北發出一個電報，說他即將訪臺，當時外相艾登（Anthony Eden）覺得不妥，當即將此事提出內閣會議討論，然後正式備函給他，請其取消訪臺之行；邱吉爾首相也特別召見他，向其解釋，由於當時環境，暫時不宜訪臺。因此他的訪臺計畫延擱了兩年，直到一九五六年才能成行。

狄林說當時艾登阻止其赴臺完全是受了英國工商大亨們的影響。英國是一島國，國民生計全賴對外貿易，工商界人士對海外市場特別留心，對於中國大陸上市場，垂涎甚久，因此他們極力主張對北京友好，並不惜爲此對政府當局施用壓力。狄林說這種情勢迄今未變，鑒於當時臺灣的工業正在起飛，狄林說他希望中華民國與英國間的貿易可以逐漸加強，其他方面的關係當可因此而有所改善。在他訪臺歸來後，狄林即努力勸說其他議員訪臺。等到麥克米倫（Harold Macmillan）任首相時，狄林和以後也去臺北訪問過的幾位議員曾試圖勸說英國政府也承認中華民國，並由一位和當時外相休姆（Sir Alec Douglas Home）頗爲接近的議員去勸說休姆，這位議員和休姆作過極長的討論，但未能成功，不過經這番努力之後，英國政府當局對於中華民國的情勢有了新的認識和估計。狄林說最初每當議會討論到中國問題時，只有他一個人公開支持中華民國，但是現在議會中對中華民國友好的人正在逐漸增加，議會內英臺小組的出現就是一個明證。他退休之後，羅哲爾爵士（Sir John Rogers）將繼任他爲小組主席。羅哲爾也是一位資深的保守黨下院議員，曾擔任過商務部的副部長，他也是經狄林敦促而訪臺的，回國後成爲中華民國的好友。狄林相信只要繼續努力，這個小組還要不斷的擴大。

狄林說他退休之後，朱里安・艾諜瑞（Julien Amery）將在他的選區內競選，而一定也可以當選，狄林說：「你見過艾諜瑞，你知道他是對你們非常友好的。」不錯，我見過艾謀瑞，曾經到過他那位於倫敦貴族區的華麗住宅中訪問他，並蒙他招待吃下午茶。我們一見面他就對我說蔣總統是他的老總司令，我初聽不禁一怔，後來才知道，在二次大戰期間，他是邱吉爾首相派駐中國戰區統帥部私人代表，因此他自認是蔣總統的舊屬。在目前國際情勢下，還有人肯和中華民國攀這種關係，自然是對我們很友善了。艾謀瑞在政治上比狄林幸運，他出身簪纓世族，他的父親老艾謀瑞（Leo Amery）在二次大戰前就歷任各部大臣，當時的聲望駕凌邱吉爾之上，後來大戰爆發，邱吉爾脫穎而出，老艾謀瑞知道沒有希望入主唐寧街十號了，乃自動退休，五十歲以上的英國人知道老艾謀瑞的人還不少。艾謀瑞的岳父就是後來繼艾登之後出任首相的麥克米倫。艾謀瑞作過好幾部的次長，後來出任航空部部長，一九六六年大選時，他不幸落選，一直在尋覓一個適當的新選區，以便捲土重來。他和狄林是好朋友，在國際問題上的看法也相同。

狄林的選區在倫敦以南的布萊敦（Brighton），經過他二十五年來不斷的努力，該地已成爲保守黨的安全選區之一，狄林如果想蟬聯，當然沒有問題，他既然要退休，保守黨內想問津的人就很多了，不過如果沒有狄林的支持，就是想染指，也難有希望。艾謀瑞是得到狄林充分支持的，狄林在公開宣佈退休之前，就先告訴了艾謀瑞，並替他預作部署，等他告訴我這件消息時，艾謀瑞已是萬事俱備，只待大選了。狄林爲何如此熱心支持艾謀瑞呢？兩人政見相同，私交甚篤，這固然是一個主要原因，但還有一個更重要的原因，那就是爲了報恩：狄林當年初出道時，很受老艾謀瑞的提拔，老艾謀瑞曾親到狄林選區爲他助選。狄林感念舊誼，所以把自己多年培養成的一個安全選區，讓給老艾謀瑞的兒子，這件事可以進一步說明了狄林的爲人。後來艾謀瑞果然順利當選，並在奚斯內閣中先任房屋部長，後以國務部長（Minister of State）名義，在外交部擔任當時外交部長休姆的副手（休姆不但數任外交部長，並且作過首相，是保守黨中德高望重的元老，所以艾謀瑞願意以部長的身分，作他的副手）。

最後我忍不住問狄林爲何要忙於退休，因爲他當時雖然已經六十六歲，但是下院中還有不少的議員已經超過七十歲。狄林又要了一杯酒，一口飲盡，然後很感慨的對我作了以下的解釋：他說他預料不久就要舉行大選，保守黨將會得勝，不過在下院議席中所佔的多數將不會太大。根據過去的經驗，當執政黨與反對黨的席次接近時，議會的情勢就會經常在緊張的狀況中。同時，保守黨一定會提出許多新議案，工黨也一定會激烈反對，議會中就會經常的有激烈的辯論，和關係重大的表決。在習慣上，重要的議案多在晚間辯論，而且這種辯論常常是通宵進行。執政黨和反對黨都會命令其本黨議員通宵守在議會，以備參加表決，這種情形在下一屆議會將會很多，對於年長或健康欠佳的議員們而言，這種生活相當痛苦。狄林說他年輕時，對於通宵辯論的事並不在乎，現在年事已長，健康也不佳，就感到吃不消了。我問他是否可以不參加夜間表決，狄林說議員們除非重病，否則都得參加，有時生病的議員會被抬到議場參加表決，因爲在深夜討論和表決的問題，都是關係重大的，兩黨都會採用三線督導制度，違背這種督導的議員會受嚴重的黨紀處分，那是很不光榮的。

狄林說他作了二十五年後排議員，雖然是連選連任，後來又被晉封爲爵士，然對於一個有政治抱負的人而言，這一點成就是不能令自己感到滿意的，展望未來，又無政治前途可言，因之他對議會生活已感到厭倦。狄林回憶他初入下院時是邱吉爾任首相，新進議員難言發展；後來艾登任首相，他卻與艾登不睦，當然不會有機會進政府；等到麥克米倫與白特勒（Rab Butler）爭首相寶座時，他被認爲是白特勒的一派，而麥克米倫卻當了首相；再後，當奚斯與毛德陵（Reginald Maudling）爭黨揆時，他是堅絕反對奚斯而支持毛德陵的，但奚斯當選了保守黨領袖；下屆大選如果保守黨得勝，奚斯將是首相，他當然也不會有進政府的機會。政治上既無前途，年歲又大了，犯不著繼續過那種艱苦的後排議員生活，因此他決定退休，將他那個安全的選區轉給艾謀瑞，酬謝老艾謀瑞當年對他的一番情意，了卻自己的夙願。狄林說他對自己過去在政治上的選擇，並無任何懊悔之處，一個人在政治上的成敗得失有時是很難用道理來解釋的，只有歸諸於機運，我說這很接近中國人的哲學觀念。狄林說這也許就是他爲何與中國人容易接近的原因，言罷大笑。

在我們分手之前，狄林告訴我他想寫一本書，介紹中華民國在臺灣的成就，但他還得再去臺灣一次，他雖然四度訪問臺灣，但每次的時間都很短，來去匆匆，對於有些問題未能深入研究，因此他想在退休後到臺灣去住一個月或兩個月，蒐集資料，並訪問各方有關人士，然後回到英國全心全力的來寫這本書。我當表示極力贊成，因爲我知道狄林不僅一直對中華民國非常友好，而且也是一個寫作好手，由他來寫這本書實在很適當。同時我們實在也需要在英國出版這樣一本書，以增加英國人對我們的認識。我們分手之後，我未再問此事，因爲我只是一個新聞記者，我的責任只是報導新聞，和狄林聯絡的工作另外有人負責，狄林和他們非常熟，用不著我來介紹。

一九七〇年五月某日，狄林又約我會面，並送了我一本他的新書，那是他在退休後寫的，書名是*Corridors of Frustraiton*，剛剛印好，尚未公開出售，他當著我的面在書上簽名，並寫明是給送某某人的，他說書中主要內容是敍述他一生的政治活動。他希望我看完後用中文給他寫一書評。我問他是否還有意寫一本介紹中華民國的書，他說他早有此意，但僅靠他一個人的熱心是不够的。我覺得他話中有話，便問他有何困難，他笑了一笑，未作答復，只說他新出的書中也提到中華民國，我看後自然明白。

我花了一整夜的時間，看完了那本新書，其中涉及英國政治活動與政治人物的地方太多，我很難評論，只好用新聞報導的體裁撰寫一文，對這本書作一介紹，尤其是他對中國問題的看法以及他與中華民國的關係。他在書中談到中華民國的地方雖然不多，但對中華民國的重要性以及在臺灣的成就，卻推崇甚力。我的稿子發回之後，臺港兩地的報紙均有刊載。我送了一份剪報給他，並向他解釋我只是介紹而未評論，他說這種寫法在英國也算是書評。他一生寫了十多本書，這是第一次有一個中國人用中文來爲他的書寫書評，所以要將剪報留下來作紀念。

自從這一次分手之後，我就很少再見到狄林，他因已經退休，行動沒有拘束，所以經常外出旅行，可能是因年老畏寒，聽說他經常逗留在法國或西班牙的南部，有時候也回到他的故鄉都柏林。狄林的夫人已經早逝，又無子女，他孑然一身，行踪飄忽不定，要想和他接觸甚是不易，他也很少主動和我們聯絡，後來和他往來最多的新聞局的海內外主管都有了變更，他所認識的我們的幾位外交使節，也都離開了他們在歐洲的任所，狄林和我們的接觸就更少了。一九七四年春季某日，他忽來電話約我到下院和他會面，並去聽星期一俱樂部(Monday Club)的一個辯論會。他親自在下院門口等我，他說剛從國外回來不久，每次回來必走到下院看朋友，他發現星期一俱樂部當天正假下院的一個會議室辯論共同市場問題，覺得很有意義，所以約我去聽。星期一俱樂部是英國最大的一個右派政治團體，會員中以保守黨人居多，其中有保守黨的議員和閣員，這個團體反共，所以對於來自中華民國的人都很友善。會後我問狄林今後如何和他聯絡，他說他不久又要去歐洲大陸；他回到英國後會主動的和我聯絡。但以後我即未再接到他的電話，我最後一次見到他時是在此間爲故總統蔣公舉行的追思會中。他那時已在病中，我問他住在何處，他說住在一療養院中，我問療養院在何處，預備去探望他，他未答覆我的詢問，只說病好後會打電話和我聯絡。我始終未接到過他的電話，最後卻在《泰晤士報》上看到他病故的消息。

狄林雖然生在一個愛爾蘭人的家庭，但在英國日久，言談舉止已完全變成了一個英國人。他身材高大，講話時有極濃厚的牛橋口音（Oxbridge Accent，這是牛津和劍橋的教師和學生們講話的一種很特殊的口音），並具極富有英國人的那種幽默感。但他個性堅強，擇善固執，不受一時利害得失的影響，這一點又極不像一般的英國政客。

一九七五年十一月二十日，狄林生前在下院的友好爲他舉行追思會，地點就在下院內的一個小教堂內，我和王家松先生一同去參加。狄林生前結交了不少的東方人，但那一天的追思會中卻只有我們這兩個東方人在場，王先生已經退休，我只是一個新聞從業員，我們都是以私人身分參加追思會。會後走出教堂，經過下院那個著名的大廳時，不禁想起初來英倫時

奧格敦爵士

在我所認識的英國友人中，中英文化協會會長奧格敦爵士（Sir Alwyne Ogyden）的年齡最長，我和他雖無深交，但在初到倫敦的那幾年裏，我和他見面的次數甚多。那時王家松先生任倫敦自由中國中心的主任，經常舉辦各種文化活動，中英文化協會也因之頻頻集會，每次集會都是由奧格敦爵士親自主持，我也是每會必到，所以和他混得極熟。

家松先生退休後，一切文化活動都停頓了，中英文化協會也只是在每年雙十節舉行一次酒會而已，每年也只有在這個酒會裏，和他碰一次面。去年雙十節後不久，他在家中地下室內跌了一跤，耳鼻出血，幾告不治，但最後竟能康復出院，住在女兒家中，不過從此不再輕易外出。九月二十二日接到家松先生從倫敦發來的電報，驚悉此老已於九月十七日歸道山，從此中華民國在英倫友人又弱一個，思之不勝戚戚。

家松先生的電報中，未提到奧格敦爵士的年齡，但我還記得一九六九年六月，家松先生曾舉行一次小規模宴會，慶祝奧格敦的八十大壽，當時我也是陪客之一，飯後他曾和我長談一個多小時，後來我曾以「天相」的筆名，寫了一文，介紹他的生平，刊在《聯合報》上，根據這個紀錄推算，他今年應該是九十二歲。眞正是年登耄耋。

奧格敦是英國的職業外交官，退休已逾三十年，英國有一套相當完美的文官制度，對於退休的官員也都考慮周詳，所以三十年來，他悠遊林下，宛如閑雲野鶴，怡然自得，但有一件事，他在退休生活中仍是努力不懈，那就是宣揚中國文化。他之致力於此，原因是他和中國關係太深，受中國文化影響的地方也太多。

奧格敦爵士在中國住了整整三十五年，他走遍了數不清的中國城市，也結識了數不清的中國朋友，他不僅能說一口純正的中國官話，能閱讀中國書籍，而且還能用中文寫報告，在他退休之前，他是英國外交部內第一流中國通。今天像奧格敦爵士那樣了解中國的人，在英國已經是越來越少了。

奧格敦爵士生在印度，他的父親是英國在印度的殖民政府中的官員，所以當他在牛津大學讀書時，他原是計畫去印度工作。一九一三年，他在牛津大學畢業，參加英國外交部的考試入選，他希望外交部派他去印度，但外交部卻要他去中國，他那時對中國一無所知，所以猶豫不決，外交部的亞洲司主管乃建議他和一位甫自中國返來的外交官見面談談，這位剛從中國返英的外交官和當時的奧格敦一樣，也是一個二十多歲的青年，他告訴奧格敦中國歷史悠久，文化寶藏之富舉世無匹，奧格敦聽了大爲心動，乃立即束裝就道。那位勸奧格敦去中國的青年，就是後來曾任英國駐華公使的藍浦生爵士，藍浦生爵士也是一位終生熱愛中國文化的英國人。

奧格敦到達中國後，就被派到北京英國公使館作學習員。他當時唯一的任務就是學中文，不僅要學說，而且要學寫。英國外交部告訴他，如果他的中文不能到達要求的水準，他將永遠是一個學習員。爲了作一個正式的外交官，他不得不日以繼夜的苦讀中文，經過兩年多的苦讀，他終以優異的成績通過中國語文的考試，立即被派到漢口作副領事。

在漢口副領事任內，他因要協助英國商人和中國人貿易，曾經常在河南與山東兩省之內奔走，他能一口氣說幾十個這兩省的縣名，他說汴梁西瓜、黃河鯉魚、鄭州梨和肥城的桃子他都吃過，那是英國任何地方吃不到的好東西。

在漢口兩年多，然後轉到天津作副領事，以後便不斷的在中國各大城市打轉，而以在上海、漢口和天津這三個城市內任職的次數最多，每個地方都任職三次，所不同的是第一次是任副領事，第二次是領事，第三次就升到總領事，一九二七年北伐軍興，他在九江任領事，就在九江他首次見到先總統蔣公，當時蔣公是北伐軍總司令，他則以英國的領事身分晉見。

中日戰爭發生時，他是英國駐上海領事，他對日軍佔領上海後的行爲，印象甚壞。太平洋戰爭爆發時，他是駐天津總領事，被日軍監禁了八個月之久，後在換俘方式下獲釋。當他正在輾轉取道返國的途中，他奉到一項新的命令，出任駐昆明總領事，由昆明又調到重慶，在重慶他遇見了舊友杭立武博士，兩人共同努力擴大了中英文化協會的組織，加強了中英文化交流的活動，從那時候起，他與中英文化協會發生了不解之緣。

大戰結束，他出任駐上海總領事，那是僅次於英國駐華大使的職務。英國外交部曾經表示，如果他願意離開中國，他可到其他較小的國家任大使，他謝絕了，他不願意離開中國，而且他覺得在上海作總領事，比在其他小國作大使要重要得多。

戰後一切不平等條約都廢除了，上海不再有租界，也沒有領事裁判權，奧格敦爵士感到擔心的是中英法律不同，中國法院在受理有關英僑案件時，可能會令他遭遇困難，結果一點困難都沒有，因爲中國法院在處理英僑案件時，常常也引用英國法律，當事人口服心服，無話可說，奧格敦爵士每談到這一點時，總是對上海當年的法院，稱道不已。

奧格敦爵士在中國住了整整三十五年，他二十五歲時到中國，一九四九年他離開上海時恰好六十歲。回到倫敦後即根據規定退休。他的一生事業於到達中國後開始，而於離開中國後結束，但他與中國的關係並未因此而疏遠，他回國後不久，就被推爲中英文化協會會長。

中英文化協會擁有三百多個會員，英國會員佔絕大多數，其中有議員、教授、商人、傳教士和醫生，這些人幾乎都到過中國，其中不少人還曾在過去十多年中訪問過臺灣，他們都喜愛中國文化，所以對於保持和發揚中國文化傳統的中華民國都具有好感。

中英文化協會原本有定期的餐會，每次聚會都有專家名流對中國文化作專題演講，講畢並舉行討論，奧格敦爵士雖住鄉間，每逢協會集會，他總是風雨無阻的到會執行會長兼主席的職務，如在討論時發生爭辯不休的情形，也總是由他來作評論，他在中國太久，知道的也多，所以爭辯雙方都很尊重他的意見。家松先生退休後，中英文化協會的活動也隨之停頓，奧格敦爵士也很少來市區了，每年只有在雙十酒會中見到他一次。

奧格敦的外型就是一個標準的英國人，謙和之中不失嚴肅，講話時遣詞用字都很考究，略帶牛津口音。只要和他稍稍接觸，就不難發現他具有英國高級外交官的風采。他曾多次表示，促進國與國之間的了解，最好的途徑是文化交流，他願為此稍盡棉薄，現在此老已歸道山，對於中英雙方的人民都是莫大的損失。

一九八一年十月

三民叢刊書目

①邁向已開發國家　孫　震著
②經濟發展啓示錄　于宗先著
③中國文學講話　王更生著
④紅樓夢新解　潘重規著
⑤紅樓夢新辨　潘重規著
⑥自由與權威　周陽山著
⑦勇往直前
・傳播經營札記　石永貴著
⑧細微的一炷香　劉紹銘著
⑨文與情　琦　君著
⑩在我們的時代　周志文著
⑪中央社的故事(上)
・民國二十一年至六十一年　周培敬著
⑫中央社的故事(下)
・民國二十一年至六十一年　周培敬著
⑬梭羅與中國　陳長房著
⑭時代邊緣之聲　龔鵬程著
⑮紅學六十年　潘重規著
⑯解咒與立法　勞思光著
⑰對不起，借過一下　水　晶著
⑱解體分裂的年代　楊　渡著
⑲德國在那裏？(政治、經濟)
・聯邦德國四十年　郭恆鈺、許琳菲等著
⑳德國在那裏？(文化、統一)
・聯邦德國四十年　郭恆鈺、許琳菲等著
㉑浮生九四
・雪林回憶錄　蘇雪林著

㊹統一後的德國　郭恆鈺主編
㊺愛盧談文學　黃永武著
㊻南十字星座　呂大明著
㊼重疊的足跡　韓　秀著
㊽書鄉長短調　黃碧端著
㊾愛情・仇恨・政治
・漢姆雷特專論及其他　朱立民著
㊿蝴蝶球傳奇
・真實與虛構　顏匯增著
61文化啓示錄　南方朔著
62日本這個國家　章　陸著
63在沉寂與鼎沸之間　黃碧端著
64民主與兩岸動向　余英時著
65靈魂的按摩　劉紹銘著
66迎向眾聲
・八〇年代臺灣文化情境觀察　向　陽著
67蛻變中的臺灣經濟　于宗先著
68從現代到當代　鄭樹森著
69嚴肅的遊戲
・當代文藝訪談錄　楊錦郁著
70甜鹹酸梅　向　明著
71楓　香　黃國彬著
72日本深層　齊　濤著
73美麗的負荷　封德屏著
74現代文明的隱者　周陽山著
75煙火與噴泉　白　靈著
76七十浮跡
・生活體驗與思考　項退結著
77永恆的彩虹　小　民著
78情繫一環　梁錫華著
79遠山一抹　思　果著
80尋找希望的星空　呂大明著
81領養一株雲杉　黃文範著
82浮世情懷　劉安諾著
83天涯長青　趙淑俠著
84文學札記　黃國彬著

⑧⑤訪草（第一卷）

陳冠學　著

本書是作者於田園生活中所見所感之作，內有田園意，有家居圖，有專寫田園聲光、哲理的卷軸。喜愛大自然田園清新景象的讀者，將可從中獲得一份未曾預期的驚喜與滿足；另有一小部分有關人性與人生哲理的文字，則會句句印入您的心底。

⑧⑥藍色的斷想
・孤獨者隨想錄ABC全卷

陳冠學　著

本書是作者暫離大自然和田園，帶著深沉的憂鬱面對人世之作。一路上你將有許多領略與感觸，時或有天光爆破的驚喜；但多數時候，你的心頭將披著一襲輕愁，甚或覆著一領悲情。這是悲觀哲學，卻是被熱情、關心與希望融化了的悲觀哲學。

⑧⑦追不回的永恆

彭歌　著

本書是《聯合報》副刊上「三三草」專欄的結集。作者以其犀利的筆鋒，對種種社會現象痛下針砭，冀望這些警世的短文，能如暮鼓晨鐘般，在這變亂紛乘的時代，起著振聾發聵的作用。

⑧⑧紫水晶戒指

小民　著

俗世間的珍寶，有謂璀燦的鑽石碧玉，有謂顯榮的列鼎封侯。其實生活就是人生最美的寶物，不假外求。非常喜愛紫色的小民女士，以她一貫親切、自然的文筆，輯選出這本小品，好比美麗的紫色禮物，要獻給愛好文學也愛好生活的您。

⑧⑨心路的嬉逐

劉延湘　著

本書筆調清新幽默，論理深刻而又能落實於生活踐履。走一趟作者精心安排的「心路」之旅，您將莞爾一笑，心情頓時開朗。而您也將發現，原以爲只是一條山間小路，結果卻是風景優美、鳥語花香的舒坦大道。

⑨⓪情書外一章

韓秀　著

情與愛是人類謳歌不盡的永恆主題，它爲空虛貧乏的現代生活加添了無數的色彩。本書記錄下了作者在日常生活中感受到的親情、愛情、友情及故園情，在書中點滴的情感交流裏，在這些溫馨的文字中，我們是否也能試著尋回一些早已失去的東西。

⑨①情到深處

簡宛　著

本書是作者旅美二十五年後的第二十五本結集。身爲一個教育家，作者以其溫婉親切的筆調，寫出篇篇充滿溫情的佳構，不惟感動人心，亦復激勵人性。將愛、生活與學習確實的體驗，眞正感受到人生的有情，生命也因此生意盎然。

⑨②父女對話

陳冠學　著

一位老父與五歲幼女徜徉在山林之間，山林蓊鬱，山泉甘冽，這裡自有一份孤獨的甘美。本書是記述作者父女在人世僻靜的一個角落，過著遺世獨立的生活的文學畫。舉世滔滔，這應是一面明鏡，堪供讀者對照。

⑨③陳冲前傳

嚴歌苓 著

在好萊塢市場，多少人一夜成名直步青雲，又有多少人一朝雲中跌落從此絕跡銀海。身為一個中國人，陳冲是經過多少奮鬥與波折，身為一個聰慧多感的女子，她又是經過多少的心路激盪，才能處於這洶湧波滔中。本書將為您娓娓道出陳冲的故事。

⑨④面壁笑人類

祖慰 著

本書是有「怪味小說派」之稱的大陸作家祖慰，在巴黎面壁五年悟得的佳構。他的散文神遊八荒，情貫萬里，將理性的思惟和非理性的激情雜揉一起。讀其作品既能吸收大量的科普知識，又可汲取其飄逸文風的美感享受。

⑨⑤不老的詩心

夏鐵肩 著

夏先生一生從事文化工作，大半心力都用在鼓勵培植有潛能的青年人，助他們走上文學貢獻之路。而他本身亦創作出不少的長短佳文。本書收錄計有：詩詞小品、散文、方塊評論等。作者一顆不老的詩心，洋溢在篇篇佳構中。

⑨⑥雲霧之國

合山究 著

使中國風土之特殊性獨具一格的，與其說是天地的廣大，不如說是因塵埃、雲煙等而為之朦朦朧朧的自然空間吧！精氣、神仙、老莊、龍、山水畫、奇書等，其產生是有如何玄妙的根源啊！就以「雲霧」為起點，讓我們一起走進這美麗幻夢般的世界。

⑰北京城不是一天造成的

喜樂 著

打從距今七百五十多年前開始，北京城走進歷史的繁華紛亂。現在，且輕輕走進史册中尋常百姓的那頁，一盞清茶、幾盤小點，看純中國的插畫、尋純中國的足跡。由博學多聞的喜樂先生做嚮導，就讓你我在古意盎然中，細聆歲月的故事。

⑱兩城憶往

楊孔鑫 著

霧裏的倫敦、浪漫的巴黎，除此之外，這兩城你可還留有其他印象。本書是作者派駐歐洲新聞工作二十多年的記錄。透過作者敏銳的筆觸，且讓讀者徜徉在花都、霧城的政經社會、文化藝術、風土人情以及歷史背景中。

⑲吹不散的人影

高大鵬 著

時代替換的快速，不知替換了多少人生舞臺上出現刹那的面孔；而人類，偏又是最健忘的族羣。本書中所收錄的文章，均是作者用客觀的筆，爲曾替人類社會或文化默默辛勤耕耘的「園丁」們，做最眞實的文字記錄。

⑳文化脈動

張錯 著

「我是一個文化悲觀者，因爲我個人一直堅持某種希臘式的古典禮範，而這種文學或文化古典禮範，已日漸有如夫子當年春秋戰國的禮崩樂壞。」作者就是以這顆悲憫的心，用詩人敏銳的筆觸，深刻而熱切的批判著臺灣的文化怪象。

⑩桑樹下　繆天華　著

本書是作者在斗室外桑樹陰的綠窗下寫就的小品散文。作者試圖在記憶的深處，尋回那些感人甚深的、發人深省的、或者趣味濃郁的人文逸事，不惟激勵讀者高遠的志趣，亦能遠離消沈，絕望的深淵。

⑩牛頓來訪　石家興　著

本書爲作者三十多年來從事科學工作的心情寫照，包括思想、報導、論述、親情、遊記等等。文中處處流露出作者對科學的執著與熱愛，及超越科學之外的人文情懷，篇篇清新雋永，理中含情，情中有理，爲科學與文學的結合，作了一番完美的見證。

⑩深情回眸　鮑曉暉　著

作者生長在一個顚沛流離的時代，雖然歷經千辛萬苦，但行文於字裏行間，卻不見怨天尤人；有的只是對以往和艱苦環境奮鬥的懷念及對現今生活的珍惜，以及世間人事物的觀照及關懷。做爲一本懷舊之作，或是清新的生活小品，本書皆爲上乘之作。

⑩新詩補給站　渡也　著

你寫過新詩嗎？你知道如何寫一首具有詩味的新詩？本書是由甫獲得「創世紀四十周年創作獎」的詩人兼詩評論家渡也先生，指導初學者從如何造簡單句到如何寫出一首詩，是一本值得新詩愛好者注意的書。

⑽鳳凰遊

李元洛 著

一生從事古典與現代詩論研究的大陸學者李元洛先生，如何在放下嚴肅的評論之筆，轉而用詩人細膩的筆觸，摹寫山水大地的訖行，以及人生轉蓬的寄悵，書中句句是箴話、處處有眞情，值得您細品。

⑽文學人語

高大鵬 著

忙碌的社會分散了人們的注意力、淡化了人們對身旁人事物的感情，任由冷漠充塡在你我四周……而本書的作者以感性的筆觸，表達了自己對身旁人事物的眞心關懷，以平實的文字與讀者分享所遇所感，無疑是給每個冷漠的心靈甘霖般的滋潤。

⑽養狗政治學

鄭赤琰 著

身處地理、政治環境特殊的香港，作者藉由動物的百態來反諷社會上種種光怪陸離的政治現象，在其輕鬆幽默的筆調背後，同時亦蘊含了嚴肅的意義。這一則則的政治寓言，讀之不僅令人莞爾一笑，更具有發人深省的作用，批判中帶有著深切的期盼。

⑽烟塵

姜穆 著

作者是一位出生於貴州的苗族人，卻意外的捲入戰爭。在臺娶妻生子後，所抒發對戰亂、種族及親人的眞誠關懷。內容深沉、筆觸清新，充分顯露在生活的烈焰煎熬下，早已視一切如浮雲，淡泊名利，將其一生的激越昂揚盡付千里煙塵中。

⑩⑨河宴

鍾怡雯 著

人間繁華的請柬處處，不如赴一場難得的野宴，聽一回水的演奏、看一場山的表演，再來細細品味鍾怡雯爲您端出來的山野豐盛清淡的饗宴——極盡可口的綠、十分道地的藍，以及不加調味料的白。

⑪⓪滬上春秋

章念馳 著

章太炎，這位中國近代史上的思想家、政治家，曾因領導戊戌變法失敗而流亡海外。他雖是浙江餘姚人，卻有大半輩子的歲月是在上海度過。本書是由章太炎的嫡孫章念馳先生，從家族的口述和史料中，完整的敍述章太炎的這段滬上春秋。

⑪①愛廬談心事

黃炎武 著

每個人心中都有一枝彩筆，然而在趕遠路、忙上班的歲月裏，杭頭上的日升月降中，像拋來擲去的跳丸，彩筆就這樣褪去了顏色……本書作者在辭去沉重的教職和繁雜的行政工作後，重拾心中的彩筆，爲您宣說一篇篇的文學心事。

⑪②詩情與俠骨

莊因 著

一顆明慧的善心與眞摯的情感，經過俠骨詩情的鑄煉，將生活上的人情世事，轉化爲最優美動人的文句，呈現出自然明朗灑脫的風格。文學對於作者而言，不僅是興趣，更是他的生命，但他不泥古而創新，在其文章中俯首可拾古典與現代的完美融合。

⑬草鞋權貴

嚴歌苓 著

曾經叱吒風雲的老將軍，是程家大院的最高權威，九個承繼他刁鑽聰明的兒女，則個個心懷鬼胎……一個來自鄉下的伶俐女孩，被命運的安排，走入這權貴世家。威權的代溝、情份的激盪、所有內心的驕傲與傷痛，這會是怎樣的衝突，怎樣的一生？

⑭是我們改變了世界

張放 著

從事文學藝術的工作者是「人類靈魂的工程師」。如果作家不能提高廣大讀者的精神生活品質，而僅爲娛樂人心、滿足人們的好奇和刺激。那麼與馬戲團的小丑或兜售春藥的小販何異？故而作者不禁要問：是我們改變了世界，還是世界改變了我和你？

⑮夢裡有隻小小船

夏小舟 著

日本人參加婚禮愛穿黑色、日本料理味輕單調、日本人性格分ABCD、還有情書居然可以賣……於日本教書的大陸作家夏小舟，在本書除了告訴你作者旅日的見聞趣事外，也且隨她乘坐那夢裏的小小船，航行向那魂縈夢遷的故國灣港中。

國立中央圖書館出版品預行編目資料

兩城憶往／楊孔鑫著. -- 初版. -- 臺北
市：三民，民84
面；　公分. --（三民叢刊；98）
ISBN 957-14-2163-4（平裝）

855　　83012470

著作人　楊孔鑫
發行人　劉振强
著作財產權人　三民書局股份有限公司
臺北市復興北路三八六號
發行所　三民書局股份有限公司
地　址／臺北市復興北路三八六號
郵　撥／〇〇〇九九九八一五號
印刷所　三民書局股份有限公司
門市部　復北店／臺北市復興北路三八六號
重南店／臺北市重慶南路一段六十一號
初　版　中華民國八十四年一月
編　號　S 85282
基本定價　叁元叁角叁分
行政院新聞局登記證局版臺業字第〇二〇〇號

ISBN 957-14-2163-4（平裝）